末日時在做什麼？能不能再見一面？

9

枯野 瑛
Akira Kareno

illustration ue

Kadokawa Fantastic Novels

末日時
在做什麼？
能不能
再見一面？

contents

Characters

Do you have what THE END?
May I meet you once again?

妮戈蘭・亞斯托德士

食人鬼（Troll）。奧爾蘭多貿易商會派來
擔任六十八號島妖精倉庫的管理員。

葛力克・葛雷克拉可

綠鬼族（Bogre）打撈者。隸屬第二師團的三等機甲技官。

穆罕默達利・布隆頓

單眼鬼（Cyclops）。黃金妖精成體調整研究的頂尖專家。

瑪格莉特・麥迪西斯／「代號F」

暱稱為瑪格或莉妲。
諜報組織「艾爾畢斯殘光」的首領。
棋盤遊戲的高手。

史旺・坎德爾

大賢者。曾為支撐懸浮大陸群的其中一人。
現在與星神一起被封印在二號懸浮島。

威廉・克梅修

曾以準勇者（Quasi brave）身分與星神戰鬥過的成員之一。
雖然死了，但透過古代祕術暫時甦醒。

〈終將來臨的最後之獸（Heritier）〉

〈十七獸〉。能創造出吸收者期望的景象，
一個獨立的世界。
將二號懸浮島連同星神一起吸收後，
就一直沒有動靜。

薇拉・史特恩

被稱作「青鷺姬」的帝國貴族少女。

吉歐蕾塔

薇拉的同乳姊妹，同時也是她最親密的隨從。

貝諾・賈銘

帝國貴族的次子，不隸屬於任何部隊的騎士。

費奧多爾・傑斯曼

艾爾畢斯國出身的墮鬼族（Imp）。
護翼軍的前四等武官。喜歡甜甜圈。

緹亞忒・席巴・伊格納雷歐

黃金妖精（Leprechaun）。成體妖精兵。
英雄。現為隸屬護翼軍的三等武官。

潘麗寶・諾可・卡黛娜

黃金妖精。成體妖精兵。
現為隸屬護翼軍第五師團的四等武官。

可蓉・琳・布爾加特里歐

黃金妖精。成體妖精兵。
現為隸屬護翼軍第五師團的四等武官。

娜芙德・卡羅・奧拉席翁

黃金妖精。成體妖精兵。
目前隸屬護翼軍第二師團，相當於三等技官。

菈恩托露可・伊茲莉・希斯特里亞

黃金妖精。前妖精兵。
目前擔任大賢者的代理人。

艾瑟雅・麥傑・瓦爾卡里斯

黃金妖精。前妖精兵。
已經退休並返回妖精倉庫。

阿爾蜜塔

黃金妖精。成體妖精。
未被登錄為妖精兵。

優蒂亞

黃金妖精。成體妖精。
未被登錄為妖精兵。

莉艾兒

年幼的黃金妖精。住在妖精倉庫。

「那些日子的延續」

-today was tomorrow-

指針發出低沉的「滴答」聲，訴說時間的流逝。

這裡位於三十一號懸浮島中央，是奧爾蘭多廣域商會通商管理本部內的一個房間。

「——他們差不多到倉庫了吧。」

一名女子從堆積如山的待辦文件中抬起頭，看向牆上的時鐘。

「唔咦？」

在同一個房間裡啃著硬餅乾的少女，也順著她的視線看過去。

「啊……已經這個時間啦。」

「艾瑟雅和妮戈蘭現在應該大吃一驚吧。」

「咦，妳沒告訴她們那兩人被喚醒了嗎？」

女子表情陰暗地笑道：

「為了布今天這個局，我騙她們說我最近都在算帳。艾瑟雅平常動不動就愛戲弄人，我只是稍微還以顏色。」

「菈恩學姊領悟到做壞事的喜悅了……」

少女低喃著咬碎餅乾，發出清脆的聲響。

少女從小就認識女子，知道她以前不是這樣的人。只是女子最近一直背負著各種重擔，應該累積了不少壓力。再說本性越是認真的人，開玩笑時越不知節制。

「可以的話，我真想親眼見識一下。」

「這也無可奈何啊……」

女子——菈恩托露可．伊茲莉．希斯特里亞的工作非常多。

她表面上任職於奧爾蘭多商會，負責處理和協調與妖精倉庫和遺跡有關的移送事宜。然而，私底下她其實是各地組織都爭相招攬的「英雄種族」——黃金妖精(Leprechaun)之一，並在奧爾蘭多商會內控制各方勢力的平衡。明明光是這樣就夠辛苦了，她還另外偷偷背負著協助懸浮大陸群(Regulu Ere)迴避即將來臨的滅亡，替一場壯闊的大戰進行事前準備的重責大任。

雖然她本人表示已經將能讓別人代勞的工作都分派出去……實際也應該是如此。事實上，少女和少女的學姊娜芙德常被交派各種工作而四處奔波。

但那些無法讓別人代勞的工作終究還是得由菈恩托露可親自處理，這些工作的分量也多得嚇人，導致她最近根本無法好好休息。

「唉，這種日子也快要結束了。趕緊讓大賢者大人回來，跟他要個長假吧。」

菈恩本人如此表示。幸好這句話聽起來不像是在逞強。

（在那之後已經過了四年。不對，是快要五年了。）

她回想起過去的事。

先是萊耶爾市，然後是科里拿第爾契市，最後再回到萊耶爾市。緹亞忒經歷了許多邂逅、交談、衝突與離別。

她不覺得這段時光只有好事，但也不覺得只有壞事。唯一能夠確定的是，正因為經歷了那段日子，才有現在的自己。

不對，並非只有自己是這樣。每個人都仍在延續那段時光。這或許是成長，也或許是停滯。在這個即將滅亡的世界僅存的時間當中，這兩者幾乎沒有差別。

一直默默地吃，裝餅乾的盤子自然很快就空了。

（……賭上懸浮大陸群未來的決戰即將來臨了啊……但我還是沒什麼實感。）

緹亞忒用紙巾清潔手指上的油脂回想過去。

（唉，再試著挺起胸膛努力一下吧。）

「對了，緹亞忒。之前那件事後來怎麼樣了？」

「嗯。」

緹亞忒咬碎嘴裡的餅乾，眨了一下眼睛回答：

「呃……雖然不曉得……能不能說是按照計畫進行，但目的達成了。後續的事情都交給瑪格他們處理了。」

「瑪格……」

原本在看文件的菈恩托露可抬起頭。

「瑪格莉特．麥迪西斯嗎？真要說起來，我們可以相信他們嗎？」

「嗯，這問題真難回答耶……」

緹亞忒懊惱地說道。

畢竟菈恩托露可所說的「他們」原本都是重量級罪犯，而且現在做的事情也明顯都是違法，客觀來看實在不太妙。

就在緹亞忒皺起眉頭思考該如何回答時——

「我換個問法。妳相信他們嗎？」

「呃，嗯，當然相信。」

這點緹亞忒可以立即回答。

「原來如此。那就沒關係了。」

菈恩托露可似乎接受了這個答案，接著繼續閱讀文件。

「咦，剛才那個問題到底有什麼意義？」

「沒什麼大不了的。我只是想給自己一個說法而已。」

菈恩托露可做出這個微妙又讓人摸不著頭緒的回答後，就繼續埋頭工作了。

「青鷺之湖」
-a stolen veil-

1. 青鷺姬與仕女

「簡單來講，父親、叔叔和大家都太不會計算了。」

少女不滿地噘著嘴巴，用手指玩弄頭髮。

「他們無法好好評估眼前的一枚金幣和明天的三枚金幣。他們會認為其中一邊是正確答案，思考就此止步。」

站在旁邊的仕女問：「難道正確答案不是三枚金幣嗎？」

她認為除非現在飢餓難耐，迫切需要一枚金幣，不然無條件拿到多一點金幣比較好。

「這正是父親的想法。我承認這某方面來說是正確的，但我希望他至少要能察覺自己話中的矛盾。既然要特地確認『自己現在並沒有飢餓難耐』，就表示並非無條件吧？」

仕女抗議這根本是在挑人語病。

「唉呀，妳這麼想嗎？光是因為碰巧注意到自己『並沒有飢餓難耐』，照理說就會無意識地忽視許多條件。萬一約好要給三枚金幣的人趁夜潛逃怎麼辦？萬一今晚就來了不速之客把錢全部搶走怎麼辦？萬一有個只能趁現在把握的投資機會，只要投入一枚金幣，後天就有機會賺到五枚金幣怎麼辦？」

仕女稍微思考了一會兒後，表示她依然覺得這是在玩文字遊戲。

如果連這些狀況都要考慮，只會沒完沒了。甚至可以假設「馬上就要發行新貨幣，導致金幣全部失去價值」。

「這個想法不錯！」

少女不知為何擊掌叫好。

「沒錯。根本無法考慮到所有條件。在這樣的情況下，沒有所謂無條件的正確答案。既然如此，我們應當在不虧本的情況下全力以赴。以剛才的例子來說，比較現實的想法應該是『盡全力確保自己明天能拿到三枚金幣，但如果需要因此付出超過兩枚金幣的成本就退出』吧。」

仕女默默等著少女繼續說下去。

少女展開背後的巨大青色翅膀拍動幾下。仕女知道這是她心情好時的習慣動作。

「面對別人準備好的兩個選項時，明明想不出新的選項，卻又相信自己的選擇既合理又符合邏輯。所以父親和叔叔才不行。」

少女笑著說。

她的笑容既深沉又充滿不祥。

少女——笑得像個惡鬼一樣。

「**在思考現在壓榨領民取得一枚金幣，或是調整稅率等下一季再騙取三枚金幣，**哪一邊才是正確答案之前——**應該還有其他該努力的事情吧。**」

仕女靜靜提出問題。

公主覺得金幣失去價值是個很好的例子，這句話背後的真意究竟為何？如果透過壓榨無辜之人取得的事物，以及用別人的痛苦為代價產生的事物都將變得毫無價值，那究竟該做什麼努力？

「……現在的我還不知道答案。」

少女歪著頭繼續說：

「不過，或許在過去的珍貴事物全變成垃圾的瞬間，能找到其他更加美好的事物也不一定喔？」

這就是少女叫好的理由。

少女說完轉身背對仕女。

這是在暗示仕女這個話題已經結束，可以退下了。

「我覺得每個人都能做到捨棄金幣。」

「也應當能夠找到美好的事物……我希望是這樣。」

仕女——以有些顫抖的細微聲音說。

「哎呀？」

少女沒有轉身，直接笑道：

「真是大膽的發言呢。金幣是讓眾人共有同一套價值標準的道具，所以其價值具備普遍性。無論是用餐、買衣服、通過關卡或住宿，都需要金錢吧？」

「我知道。所以……」

仕女緩緩吸了口氣，然後吐出來。

「假如有人找到不惜失去這一切也要追求的事物，對那個人來說，應該就是找到了一個比一切都要美好又重要的事物吧。」

「聽起來真浪漫呢。」

少女半轉過身，露出側臉。

「這是妳的個人經驗嗎？妳已經找到那種事物了嗎？」

仕女搖頭。

「那是要我去找嗎？要我做好捨棄身為帝國貴族的地位、財產、義務、驕傲和剩餘時間的覺悟，賭上一切去找出那樣事物。」

仕女再次搖頭。

「真令人困擾耶。這才真的是在玩文字遊戲。」

少女緩緩邁出步伐走向窗邊。

然後仰望夜空。

「不過妳說得沒錯。即使必須捨棄現有的一切也想追求的某樣事物，就存在於世界的某處。即使是像我這樣的人，未來或許也有機會找到……這樣的想法……沒錯……」

不曉得是出於憧憬、自嘲還是死心。

每一個都很相似，但每一個都不足以形容。

少女以混雜了這些感情的聲音低喃：

「才是真的美妙……」

2. 狂風呼嘯的帝國領地

懸浮大陸群是由無數懸浮島聚集而成。

在這些島中特別大的島嶼，會依照與中央的距離加上編號。即使有些島已經消逝在漫長的歷史中，現在依然有數十座帶著編號的懸浮島漂浮在空中。

這些懸浮島的編號有些也暗藏玄機。

懸浮島的數字越前面，代表越接近懸浮大陸群的中央。由於五號以內的島是幾乎無法進入的聖域，在有人居住的島嶼當中，可以說六號懸浮島才是實質上最靠近懸浮大陸群中央的地方。

這座六號懸浮島上有著由驕傲的有翼族建立的數座都市，以及統治這些都市的國家。這個將七號到九號島也納為屬地的國家，名叫貴翼帝國。

如今這個貴翼帝國正陷入內亂。

內亂的開端發生在約五年前，當時帝國正準備對周邊的懸浮島發動大規模的侵略戰爭。這明顯違反了大陸群憲章，同時也是相當魯莽的野蠻行為。然而在各種因素和想法的推波助瀾下——尤其部分貴族還共同高舉「這是為了拯救懸浮大陸群免於滅亡」的大義旗幟，導致這場戰爭差點就要成真。

然而在開戰的前一刻，這個大義旗幟被暫時凍結了。

懸浮大陸群確實正邁向滅亡，這個事實沒有改變。但護翼軍的英雄們不曉得用了什麼手段，硬是爭取到了五年的緩衝時間。而隨著在帝國內部進行協調的歐黛．岡達卡猝死於獄中，狀況又變得更加複雜。

開戰與停戰，究竟哪邊才正確？哪邊才符合正義？

能對此感到困惑的人可說還算幸運。大部分的人早就將一切都賭在預定會開始的戰爭上，所以他們只能相信自己選擇的道路才是正義。

已經開始滾動的大石不會停止。如果想要阻止，就得投入更強的力量與更多的鮮血。

許多人都誤以為戰爭是起因於憎恨或利害等因素，也有許多人盲目相信只要遺忘憎恨或無視損益就能阻止戰爭。而這些幻想當然無法撼動現實。

戰爭需要動員全國，當中包含了大規模的經濟活動與大量的政治角力。原本已經準備好開戰的人，都因為無法應對這個突如其來的暫停而陷入混亂。

以當初負責與護翼軍接觸的修弗切羽將軍為首，許多將校都被迫卸任。被送上處刑臺並失去翅膀的人也不在少數。

當然，光是這樣還不足以讓狀況平息。

招募的士兵、後勤人員、為了減少戰爭損失而搶先捨棄重要事物的人，以及準備為這些人提供支援的人，他們的覺悟和犧牲全都白費了。

光是戰爭沒有發生這個消息，就讓許多人破產或身敗名裂，不僅埋下了許多憎恨的種子，還爆發了衝突。

帝國分裂成開戰派和反戰派。接著，他們耗費原本應該用來對外的軍事力，開始互相攻擊——

†

七號懸浮島西北部。

貴翼帝國領地內的一個遠離中央的邊境山區——

只要環視周圍就會發現——

映入眼簾的確實都是異鄉的景色。簡單來說，就是險峻的山脈。然而險峻的程度非比尋常，幾乎所有地面都是能夠被稱作懸崖的陡坡。如此嚴苛的環境，根本就無法用雙腳行走，不對，完全不利於各種用雙腳步行的生物生存。

即使只看植物，也會發現與生長在平地的種類完全不同。或許是因為難以在接近垂直的地面往上生長，這裡的植物以短草和苔蘚為主。就連具備樹幹的樹木，也大多擁有地毯或坐墊般的外形，緊貼著地面生長。

少女用力吸了一口稀薄的空氣。

新鮮的景色，以及新鮮的空氣。

她自認自己至今已經看過不少懸浮島，該說是當然嗎，獸人們居住的城市通常會座落在容易建立城鎮的地形。這種平地居民連靠近都有困難的地形，是前所未有的體驗。

「懸浮大陸群果然很大呢……」

就在少女如此嘟噥時，霧氣逐漸開始變濃。

這種地方的霧可不會只有遮蔽視線而已，會真正讓人覺得彷彿置身水中。只要稍微發呆一下，全身就會立刻變得像在湖裡游過般溼透。

在事情變成那樣前，得趕緊進到屋裡。一來當然是因為不想感冒，二來如果身上會滴水，可能會妨礙到目前正在執行的作戰行動。

在白色的霧氣中，少女暫時貼在一座城寨的外牆上。

她仔細注意人的聲音與氣息，尋找能夠進入的地方。

妖精的幻翼與鳥類的翅膀不同，只有在起飛時會浮現出來，不需要拍動翅膀，就跟裝飾品差不多。因此能夠在不發出聲音且不擾亂氣流的情況下直接以飛行狀態貼在牆壁上。當然，由於幻翼會發光，因此用在潛入行動時需要費點工夫。

更棘手的是，這裡是貴翼帝國的臣民……也就是幾乎都由有翼族組成的軍團們用來對付彼此所建的城寨。

既然是以敵我雙方都有羽翼的前提下建立的戰略據點，會飛自然無法成為優勢。整座城鎮早就將所有窗戶都可能成為賊人的侵入口這點納入考量。

順帶一提，即使是在有翼族當中，也很少有人能在這麼高的地方自由行動。拍動翅膀的方式在不同的空氣濃度下會有所不同，習慣在低處飛行的翅膀難以在高空中飛行，只有受過訓練的士兵能夠自在翱翔。這就是這座在帝國當中也算是位居高處的城寨被認為難以攻陷的原因之一。

「……話雖如此，這裡的士兵滿多的呢。」

少女埋怨歸埋怨，還是得好好工作。

她找了一個沒人的房間潛入後，關上木窗逃離霧氣。

隔著衣服摩擦身體恢復體溫後，她做了一個深呼吸。現在已經突破第一道關卡，接著馬上就要挑戰第二道關卡。

「要上嘍，伊格納雷歐。」

少女如此低喃，然後朝搭檔遺跡兵器(Dagr Weapon)——一把長得像大劍的古代祕密兵器的劍柄輕輕敲一下。

啟動狀態的伊格納雷歐擁有讓使用者變得「不起眼」的異稟(Talent)。因為不是把使用者變透明，所以還是會發出聲音和被人看見，但不容易引起別人的注意。

雖然這座城寨已經進入備戰狀態，但只要別做出太顯眼的行動，應該不會那麼容易被發現。

緹亞忒・席巴・伊格納雷歐。

用現在已經算前一個世代的成體調整技術，變得適合使用遺跡兵器的成體黃金妖精。

她有著微捲的青草色頭髮，以及相同顏色的眼睛。即使已經過了成長期，還是沒什麼長高。

明明已經二十歲了，但只要遇見以前的熟人就一定會被說「都沒什麼變」。她其實很不願意被人這樣講，但每次照鏡子後都只能接受。因為真的，真～的都沒什麼改變，也沒有成長。

緹亞忒想成為高個子的成熟女性。

想成為一個和憧憬的學姊一樣出色的妖精兵。

她在懷抱這個夢想的孩提時代持續迷惘和失敗，總算走到了今天這一步。現在的自己大幅偏離當時的目標，陷入了現在這個狀況。

（……果然還是會覺得以前有哪一步走錯了啊。）

緹亞忒貼著天花板悄聲潛入深處，在回想起過去的憧憬後輕嘆一口氣。

有翼族的人在空間有限的室內基本上還是靠步行移動。所以無論是走廊的寬度還是天花板的高度設計，都和緹亞忒熟悉的以獸人為標準的設施差不多。硬要說有什麼不同，就是所有窗戶都莫名地小，但數量相當多。

換句話說，就是警備的死角也差不多。

「嘿咻……」

緹亞忒流暢地在陰影之間移動。

她並沒有接受過這方面的特訓，也不習慣做這種事。不過透過稍微催發魔力強化的身體能力，以及維持在啟動狀態的伊格納雷歐的異稟，使她能像個熟練的密探般行動。

「——重新冷靜想想，我現在可是在做非常不妙的事情呢。」

她小聲低喃。

「雖然我從一開始就知道了，這也已經不曉得是第幾次重新冷靜思考，但不管經歷幾次，恐懼感都還是一樣新鮮呢。」

緹亞忒也覺得自己在說些莫名其妙的話。

護翼軍不能干涉各個懸浮島，以及在島上榮盛的都市或國家內政。這是護翼軍這個組織得以成立的大前提之一，是常識，也是這次問題的焦點。

緹亞忒接下來要做的事情毫無疑問是在干涉國家內政，如果被發現絕對會釀成大禍。

（真的搞不懂我為什麼要做這種事。）

——她在心裡如此嘟噥。

這幾年她腦中經常浮現這個疑問，每次也都會得出相同的答案。因為她已經決定要走這條路，也正走在這條路上。即使必須繞很多彎，經過許多奇怪的地方，但這條路遲早會抵達過去決定的目的地。

她找到了目標的房間。

半開的房門對面傳來男人的聲音，這表示已經有其他客人先到。緹亞忒靜靜地躲在陰影裡屏住呼吸。

男人的聲音傳了過來。

『——青鷺姬，妳還是死心加入我們吧。』

房間裡有兩道氣息。正在說話的是其中一個中年男子，另一道身影則一動也不動地保持沉默。

『妳應該沒什麼好煩惱的。只是捅過去的同志一刀，握起未來同志的手罷了。折抵起來並沒有損失，不對，我保證不會讓妳受到損失。』

男子用的並非大陸群公用語，而是貴翼帝國獨自的語言。緹亞忒會的帝國語只夠讓她勉強聽懂，但男子的語調赤裸得令人厭惡。

那是調侃、嘲笑以及愚弄。

男子持續挑釁沉默的某人。

『妳的家人都不在了，這樣下去史特恩伯爵家將由妳的堂哥繼承，妳一個人繼續堅持也沒有意義。』

對方沒有回答，男子繼續說：

『距離典禮的日子還有一段時間。我不打算催妳，但還是趁早改變心意吧。』

丟下這句話後，男子的氣息開始移動。

他周到地發出令人厭惡的笑聲後，轉身離開房間。

房門重新關上。

（……感覺是個性格很糟糕的人啊。）

那是自認掌握絕對優勢的人特有的鄙視語氣。雖然光聽就讓人不愉快，但是對於接下來要對男子及男子陣營造成傷害的人來說，心情上倒是輕鬆了一點。

（好。）

緹亞忒緩緩起身。

那是個陰暗的房間。因為位於城寨最深處，因此沒有對外的窗戶。能夠充當照明的光源，就只有廉價燈晶石發出的白色光芒。

白光照亮了少女的背影。

——剛才的男子稱少女為「青鷺姬」。

根據緹亞忒掌握的情報，她的本名叫做薇拉．史特恩。

史特恩卿是帝國貴族，在反戰派的貴族當中曾為特別有影響力的一人。因為他給人誠實剛勇、堅實大膽的良好印象，在民間被奉為英雄而為人所知。

而薇拉公主就是史特恩伯爵家的獨生女。

少女身體孱弱，且帝國人普遍認為貴族千金不該隨便拋頭露面，所以很少有人親眼見過她的樣貌。或許是因為如此，唯獨她擁有一對美麗的青色翅膀這個傳聞廣為流傳，並讓她獲得了「青鷺姬」的外號。

（……啊，那對翅膀確實很漂亮。）

緹亞忒茫然地看著那對翅膀。

雖然翅膀的顏色比較偏向亮灰色，但或許是因為同時包含了不同種類的羽毛——只要一照射到白光，翅膀就會反射出宛如彩虹般的七色光輝。其中最引人注目的，就是由亮麗的青色與綠色形成的漸層。

（雖然沒有聽說得那麼閃亮，但傳聞本來就是這樣的東西。嗯，這我深有體會。）

緹亞忒恍神了幾秒鐘。

貴翼帝國是有翼族支配的土地。尤其是具備貴族身分的人，絕對都擁有翅膀。聽說其中純白或華麗的漂亮翅膀被認為是高貴靈魂的象徵，特別受到重視。所以這對翅膀擁有的價值並非只是「讓人讚嘆美麗」——還能利用在政治上。儘管緹亞忒這個外地人對此沒什麼感覺，但她還是擁有這方面的知識。

回過神後——

緹亞忒覺得不能一直這樣下去，於是重新調整呼吸。

「——妳是薇拉小姐吧。」

緹亞忒在內心祈禱對方不要尖叫，同時輕聲呼喚。

少女的背顫抖了一下。

接著她默默轉過身，讓緹亞忒能看見她的臉孔。

那張臉給人一種夢幻的感覺，彷彿只要一碰觸就會融化的雪。白皙的肌膚、深藍色的秀髮，以及茶褐色的眼睛。如果只看五官，她看起來其實和無徵種差不多。

『妳是誰……』

少女以稍縱即逝的細微聲音，用帝國語詢問緹亞忒的身分。

她的聲音十分溫婉，聽起來就像個公主。

「請別發出太大的聲音。雖然不能說明我隸屬於哪個單位，不過我是妳的同伴，是來救妳的。」

「救我……？」

少女這次用公用語說完後，便陷入沉思。

緹亞忒覺得少女正在警戒自己。這也是理所當然，正常人應該不會完全相信在這種狀況下突然出現的人。

「妳……妳想把我……」少女以細微的聲音說：「帶去其他地方嗎？」

「總之會先帶妳離開這裡，去其他安全的地方。」

環視這個房間後，就會發現這裡還算舒適，就是單調到有點沉悶。考慮到這裡是前線的城寨，這房間已經算很好了，但還是不太適合公主居住。

「詳細的事情不能在這裡說，但不論是我隸屬的組織，還是接下來要帶妳去的地方，都與帝國貴族無關。和薇拉小姐應該也不是對立的關係。」

雖然不曉得在這種地方的口頭約定有何意義，然而緹亞忒現在也只能試著用言語取信對方。

如果出現在這裡的是別人，應該會採取別種做法吧。例如不由分說地強迫少女配合、直接打暈少女帶走，或是用更巧妙的方法操控少女。不過緹亞忒沒有那麼機靈，只能正面說服對方。

「……好吧。」

少女用纖細的脖子靜靜點頭。

「我無法確認妳說的是不是實話，但是無論妳要帶我去哪裡，都比被豢養在這個房間好吧。」

「很高興聽到妳這麼說。」

緹亞忒在心裡鬆了口氣。

先不論少女仍懷有戒心這件事，情況沒有惡化就能有所進展依然令人高興。

「不過，雖然妳說是來救我的，但具體來說要怎麼做呢？」

少女搖了搖頭。

「妳來這裡的路上都看見了吧？這座城寨是個堅固的牢籠，不可能帶著累贅出入，也無法輕易攻陷這裡。前線的士兵明天就會回來，到時候情況又會變得更加艱鉅——」

「啊，妳誤會了。我沒打算做那麼誇張的事情。」

緹亞忒揮著手否定——

「所以說，恕我稍微失禮了。」

然後抱起少女。

「咦？」

以有翼族來說，少女的體重比外表看起來還要輕，再加上緹亞忒稍微催發了魔力，所以力氣方面完全沒有問題。不過緹亞忒必須單手握著遺跡兵器的劍柄，她的身材又相當嬌小，所以姿勢上有點勉強，必須緊緊抱住少女才不會掉下來。

透過薄薄的洋裝傳來的體溫十分溫暖，就像抱著小孩子一樣。緹亞忒曾聽說有翼族的平均體溫比大部分的種族高。好像是因為拍動翅膀飛行，構造上需要有強烈的新陳代謝。

「請、請問一下？」

「請安靜。雖然有點亂來，但請好好抓住我。」

「亂來，妳到底想做什麼……」

緹亞忒不想說得太仔細。

「要上嘍，伊格納雷歐。」

她再次朝手裡的遺跡兵器喊道，然後無聲地飛出房間。

伊格納雷歐的異稟在遭遇敵人後的戰鬥中完全派不上用場。雖然在發動奇襲的第一擊時非常有效，但只要被敵人察覺到殺氣就完蛋了。

而且如果不考慮異稟只看基礎能力，那麼伊格納雷歐在護翼軍目前保管的遺跡兵器當中絕對算是後段班。如果只考慮打倒對手的能力，遺跡兵器伊格納雷歐可說沒什麼價值。

不過在這次這種不需要戰鬥的情境下，伊格納雷歐就會變成方便的道具，發揮其他遺跡兵器無法比擬的效果。

（心情還真是複雜啊。）

緹亞忒如此嘟囔——她在從容到還能發牢騷的情況下，成功從戒備嚴密的城寨裡救出重要人物。

3. 薇拉・史特恩

前陣子發生了一起事件。

在邊境被捕，被押解到城裡的武裝強盜團逃跑了。他們搶走了碰巧被放置在附近的槍械，又碰巧逃進了附近的某間貴族宅第抓了住戶當人質。雖然碰巧駐紮在附近的帝國重騎兵團殲滅了他們，但不幸的是，人質當時已經全被殺害。而那些被殺害的人質就是史特恩卿及其家人——還有傭人們。

不管怎麼看，這都是一場被安排好的暗殺。

然而令人難以啟齒的是，這種不幸事件在帝國內實在不算罕見。身為帝國的有力貴族，原本就會招來數不清的利害衝突和怨恨。

立場對立的開戰派貴族們自不待言，即使是同志的反戰派內也有著複雜的權力鬥爭。想找出犯人並不容易，調查的風險又太大，而且也沒什麼意義。

所以這件事就被當成一起「不幸事件」了結。

這起事件有個僅存的倖存者。

青鷺姬薇拉·史特恩。

史特恩卿的獨生女後來被重騎兵團偷偷以保護的名義（實際上是劫持）帶走，然後被藏匿（實際上是監禁）在史特恩領地附近的一座由反戰派貴族掌控的城寨。

†

她們在太陽下山前抵達目的地。

既然追兵都有翅膀，當然也可以考慮等到日落後再移動。不過妖精的幻翼在晚上反而會變得更醒目。雖然伊格納雷歐的能力很方便，但也不能太過信任。緹亞忒判斷早點行動會比較好，於是就這麼做了。

她們從城寨出發，越過兩座山後回到史特恩卿的貴族領地。

在白霧繚繞的湖畔，一個陡峭的懸崖底下有一間小屋。

那原本似乎是某個下級貴族蓋來度假用的別墅，但在帝國整體的情勢改變後，就這樣荒廢了五年。因為正好合適，就被借來當成這次作戰的據點。

緹亞忒解除幻翼，轉向懷裡的少女——

「我們到了。」

她試著開口呼喊，但沒有獲得回應。

仔細一看，少女正縮著身子全力抓緊緹亞忒胸前的衣襟。少女全身都在顫抖，雙眼也閉得緊緊的，耳朵應該也沒在聽別人說話吧。

緹亞忒這才想起來這裡的路上趕得相當匆忙，她頻繁地展開和收起幻翼，持續在地面的陰影之間移動，比起用飛的，更像是一路跳到這裡。雖說這是為了甩掉追兵，但對深閨的公主來說或許有點太刺激了。

緹亞忒輕拍少女的背，然後補了句：「已經安全了喔。」

少女緩緩睜開眼睛，確認周圍的景色已經不再變化。

「已經安全了喔。」

緹亞忒又說了一次後，少女才戰戰兢兢地離開她的懷裡，用自己的雙腳站立。

「這裡是……」

「好像是跟某個男爵借來的臨時據點。預定會暫時讓妳躲在這裡。」

「……我知道了。」

少女莫名坦率地點頭。

「雖然可能會有點不方便，但能請妳稍微忍耐一下嗎？」

「說得也是。」

少女露出奇妙的淺笑。

「『青鷺姬』早就習慣當隻籠中鳥了。只是換了一個鳥籠，應該要覺得幸運吧。」

「咦，什麼？」

少女奇妙的說話方式，就像在講別人的事情一樣。

這讓緹亞忒困惑了一下，但少女看來對自己的待遇並沒有怨言。

屋子的門靜靜開啟。

一名女子從門後現身。

雖然難以從外表判斷她的種族，但應該是特徵不明顯的獸人，或是略帶獸人特徵的無徵種吧。女子的皮膚上既沒有獸毛也沒有羽毛，但頭上有兩隻充滿光澤的黑貓耳朵，臉頰上也長著幾根長長的鬍鬚。

她的實際年齡應該是十七或十八歲，但苗條的身材與毫無破綻的站姿醞釀出超齡的成熟氛圍。換句話說，是的，她看起來比至今沒什麼成長的緹亞忒還要成熟，令人不甘心。

女子緩緩轉頭，在認出這邊的人影——應該說認出緹亞忒後，就瞬間變了一個人。

「歡迎回來，緹亞忒小姐！」

她奔跑，然後跳躍。

被個子比自己高的女性撞過來似的抱住脖子，正常來說應該會直接跌倒。但早已習慣的緹亞忒只是稍微後退一步就分散了衝擊，站穩腳步。

「啊～嗯，我回來了。」

「我就知道妳一定能平安回來，我是真心相信妳！」

女子開心地抱緊緹亞忒的脖子說。

只要稍微往下看，就會發現長在女子臀部附近的黑色尾巴，正在像真正的小貓般大力搖晃。那比什麼都能夠證明女子是真正替緹亞忒的歸來感到開心。

「雖然這次真的有點驚險。」

「但妳果然平安無事，真的好厲害喔。」

「哈哈哈……」

面對如此誠摯坦率的稱讚，緹亞忒很難說些彆扭的話。

「這方面的報告就晚點再說吧，在那之前——」

緹亞忒輕拍女子的背，示意她離開自己。

「啊，說得也是。」

女子輕巧地退開。

她先清一下嗓子，瞬間端正表情與姿勢後，轉向青翼少女優雅地行了一禮。她以彷彿完全換了個人似的語氣說：

「——不好意思這麼晚才打招呼，青鷺姬。我是這次負責照顧妳的組織首領，名叫瑪格莉特・麥迪西斯。」

女子的動作看起來紳士又像個貴族，甚至讓人覺得美麗。然而關鍵的自我介紹卻又顯得十分奇特。

「組織？」

「『艾爾畢斯殘光』——可以想成是一種諜報組織。」

「艾爾畢斯……」

幾乎整個懸浮大陸群都對艾爾畢斯集商國的名號深惡痛絕。因為他們將數隻禁止接觸的災害〈十七獸〉帶進懸浮大陸群，不僅毀滅了自己，還在周圍的懸浮島引發眾多悲劇。

即使已經過了十年，這個名字仍未被人遺忘。

「因為一些原因，我現在和以巴托洛克卿為首的派閥處於利害衝突的狀態。因此我希望能保障妳的安全，以及看到之後的典禮成功。」

「典禮。」

青翼少女的表情微微動了一下，嘴裡複誦著這個詞。

「……妳沒說自己的志向和史特恩相同呢。」

「因為只要一講就會變成謊言。」

「然而妳還是**希望典禮成功**。」

「是的。」

青翼少女面無表情地看著眼前人物的眼睛——

「我知道了。這對我來說也是必須達成的使命。」

然後嘴角露出笑容，低喃似的說：

「我就暫時打擾你們了。不過我有許多看不見的敵人，我還活著待在這裡這件事，可以先保密嗎？」

「如妳所願。」

「謝謝。還有——」

青翼少女瞥了一眼天空。

薄薄的雲層持續擴展，或許快下雨了。

「我實在有點累了，可以讓我進去室內休息嗎？」

（感覺這位公主還滿堅強的。）

緹亞忒心不在焉地想著。

全家被滅門明明是個光聽就讓人顫抖不已的可怕事件，當事人內心的創傷更是令人難以想像，所以緹亞忒本來以為薇拉公主這個唯一的倖存者會非常消沉……

（雖然看起來並非完全沒事，但感覺還是有站穩自己的腳步。）

這跟單純的堅毅不太一樣，有什麼在支撐著這個少女。儘管緹亞忒大致察覺到這點，但無法完全看透。

那個緊抿嘴唇的表情背後，究竟隱藏著什麼？

總覺得好像似曾相識。

4. 艾爾畢斯殘光

時鐘的指針稍微前進。

緹亞忒在屋裡一個有暖爐的客廳裡嘆了口氣。

「緹亞忒小姐，再次恭喜妳平安無事。」

瑪格莉特·麥迪西斯——瑪格再次搖著充滿活力的尾巴開心地說。她對外人和熟人的態度果然還是一樣有很大的落差。

如果只看外表，瑪格這五年來算是變得成熟不少，而且她也好好學會了符合外表的行為舉止。

不過只要到了不需要那樣表現的地方，瑪格就會變回跟以前一樣的小貓性格。她不容易對人敞開心房，但只要敞開一次就會變得毫無防備。

儘管擔心她遲早會被壞人欺騙，但仔細想想現在才說這個好像太晚了。

「原本像這樣的潛入行動，應該由我負責才對。」

瑪格一臉愧疚地說。

這是事實。在潛入行動方面，瑪格擁有優秀的技術和經驗。大部分的地方她都有辦法潛入，並在達成目的後逃離。她有這樣的實力和經歷。

只是那座城寨對沒有翅膀的人來說實在過於棘手。

「唉，這次實在沒有辦法吧？算是特例啦。」

瑪格當然不用說，其他「艾爾畢斯殘光」的成員也難以潛入那座城寨。所以他們只好忽視各種不利要素，讓緹亞忒這個不隸屬於「殘光」的外來協助者前往。

「那麼，由你們負責的作戰進行得怎麼樣？順利嗎？」

「啊，是的！」

桌上攤開一張作戰圖。

散落在作戰圖上面的卡片各自代表擁有發言權的帝國貴族。五顏六色的線像網子一樣將那些卡片連結在一起，好像是用來表示各個貴族之間的關係。

之所以無法確定，是因為緹亞忒在聽完說明後還是不太能完全理解，只能勉強掌握這些資訊。

然而在這方面，緹亞忒並不認為是自己的理解力不足。

「關於摩贊卿的蛋，這件事已經轉達里茲卿的第二夫人，並預先將巴爾鐸特公司的介紹信交給德肯貝爾鐵橋的管理員了。因為有彩虹山岳事件的前例，里茲卿應該會聯絡佩古沛的裁判官。這麼一來，就換賈銘卿的——」

瑪格歡欣雀躍地根據作戰圖向緹亞忒說明現況。她就像在移動棋盤上的棋子一樣，持續移動卡片或將它們重疊起來，偶爾還會翻面寫上補充說明。

（瑪格看起來好開心。）

關於瑪格說的話，緹亞忒連一半都聽不懂，甚至找不到附和的時機，只能一直看著瑪格的側臉。

據瑪格本人所說，她原本就擅長棋盤遊戲。

自從很久以前未婚夫教過她後，她就拚命學習並變得非常擅長。所以只要運用相同的要領，也能像這樣偷偷地操控人與組織的行動。

在聽完這個說明時，緹亞忒內心的常識吶喊著：「太奇怪了，怎麼可能這樣就辦得到？」與此同時，她內心也有塊冰冷的部分嘟囔著：「唉，天才講話就是這樣。」經過短暫的糾結後，最後由後者獲勝，所以緹亞忒當時只沒勁地回了一句：「哦～原來如此～」

假如——這個女孩的未婚夫現在人在這裡，或許就跟得上這些難懂的話題。緹亞忒同時在心裡想著這件事情。

†

瑪格和緹亞忒之間的關係並非普通朋友。
也不是單純的同伴。
更不是同僚或同志之類的關係。不僅如此，基於過去的作為，緹亞忒甚至有理由怨恨瑪格。而瑪格這邊也有理由對緹亞忒產生類似的感情。
兩人就這樣在對彼此懷抱著特殊感情的情況下，建立起奇特的友誼。
這樣的關係已經持續了將近五年。

瑪格是「艾爾畢斯殘光」的首領。而「艾爾畢斯殘光」這個組織的前身，好像是艾爾畢斯的商人建立的私人祕密部隊。他們的內心被破壞，身體被改造，甚至還失去了生存的理由，所以他們才會找來擁有相同境遇的瑪格，請她擔任領導者。儘管瑪格自己也迷失了前進的方向，但還是選擇與他們一起尋找新的道路。

『我要變強。強到再也不用讓費奧多爾擔心。』

她當時下定了這樣的決心。

事後仔細回想，那句話就像是預言一樣。

迷路的小貓在說出那句誓言後，就開始筆直地向前邁進。雖然並非出於自願，但「殘光」的成員都擁有適合進行諜報與破壞活動的能力。瑪格沒有否定這點，反而積極地活用他們的能力，在懸浮大陸群各地**作惡**……也就是說，他們持續從事違反當地法律或大陸群憲章的活動。

雖然用「義賊活動」來描述不太正確，但相當貼近實際情況。

濫用法律的領主，或是欺凌弱小、謀取財富的商人，表面上的犧牲者都是這些顯而易見的惡黨。簡單來說，就是盜取被人知道會很不妙的祕密，然後將情報傳達給會讓那些祕密變得不妙的人。結果有些人因此遭到報應，有些人沒有——但「殘光」並不在乎這點。他們確實地讓正在受苦的人們擺脫原本的狀況。

特別值得一提的是，他們是以最低限度的干涉引導出這些結果。

以些微干涉讓狀況產生微小的變化，讓變化自己越滾越大，藉此達到最大的成效。

在絕大部分的案例中，相關人士都只覺得是奇妙的偶然讓狀況產生變化，完全沒有察覺到「殘光」的存在。瑪格描繪出那樣的藍圖，並且加以實現。

（該說她成長許多，還是變成讓人束手無策的幕後黑手呢？）

緹亞忒茫然地回想過去，思考著這些事情。

（如果本人很有野心就不妙了呢……）

即使置身於這個混濁不已的世界，並獲得操控世界的力量，瑪格依然保持純真……又或者她其實是在清濁並飲之後，選擇追隨自己純真的部分。

不論是金錢、地位、暴力或名聲，只要她想要這些力量，應該立刻就能納入掌中吧。實際上瑪格確實會毫不猶豫地獲取這些力量，但只有活動所需的最低限度，其餘都不屑一顧。即使變得能夠獲取更多東西，瑪格的慾望還是沒有朝這個方向發展。

緹亞忒對此感到十分慶幸。在這種難以稱得上和平的時代，會惹事的大壞蛋應該還是越少越好。

†

「帝國前陣子在流行一種糟糕的藥。」

「藥？」

「有人宣稱那種藥是治療帝國風土病的特效藥，並在獲得貴族的認可後大為暢銷。雖然價格昂貴，但因為確實能讓症狀暫時舒緩，所以為疾病所困的人還是爭相購買。」

瑪格吹著紅茶說。

「可是那種藥含有毒性，而且無法代謝，殘留在人體內會讓手腳與翅膀的肌肉萎縮。這件事已經在大學內獲得證實，但不想失去貴重財源的貴族們隱蔽了這個消息。」

「唔哇。」

真是典型的瀆職事件。帝國好可怕。

「然後呢，史特恩家針對這件事做了許多調查，並打算在反戰派的紀念典禮上告發涉案的貴族。」

「結果在那之前就被殺了？」

「似乎還順便將所有骯髒事都栽贓給史特恩家。畢竟死人無法替自己辯駁。」

緹亞忒再次「唔哇」了一聲。

她常在映像晶石看到這種典型的壞事，但從來沒想過現實也會發生相同的事情，也不願意去想。

「姑且不論名聲如何，已逝的史特恩卿也不是什麼正義之士。他之所以想在典禮上揭發罪行也不是為了公理正義，單純是想把政敵拉下臺。」

「唔哇啊啊啊。」

這國家難道只有壞人嗎？

緹亞忒並非真的期待戰爭可以簡單區分成善與惡，但得知這裡只有一群壞人在互咬，還是會削弱她的幹勁。

「我再次慶幸自己沒把莫烏爾涅帶來……」

緹亞忒使用的遺跡兵器有兩把。一把當然是伊格納雷歐，另一把是「莫烏爾涅」。這把劍擁有「將同伴的心靈合而為一」的力量，如果在充滿各種憤怒、敵意和惡意的地方使用，讓它發揮本來的效果，一定會帶來悽慘的悲劇——或是極大的損害。

如果不小心在這個愛恨交織的帝國境內啟動那把聖劍，究竟會釀成什麼樣的後果——緹亞忒實在不願思考，也不願想像。

而且她至今仍不習慣聽過去純真又溫柔的瑪格直截了當地說出這麼骯髒的話題。

「我真的無法習慣。無論是這種世界，還是現在的瑪格。」

「我怎麼了嗎？」

緹亞忒無視拿著紅茶杯一臉驚訝的瑪格嘆了口氣。

「……那麼，那位薇拉公主在這件事情裡的立場又是如何？是被捲入壞貴族之間的鬥爭，差點失去性命的可憐被害者嗎？」

「不是喔。」

瑪格將杯子放在桌邊，從桌上拿起一枚黑色棋子。

然後直接放在作戰圖中央的幾枚白棋之間。

「進行調查的是史特恩家的人。雖然身為家長的史特恩卿應該也有下令，但直接指揮部下和統整情報的人是她。」

「……她並非只是個深閨的公主嗎？」

「是深閨的公主，但也兼任幕後黑手。平常不離開房間和不讓人知道自己的長相，或許只是在防備暗殺而已。」

「她是那種人啊。」

這裡果然只有壞人和壞人在互咬。

真希望能有一點夢想和希望。

「收集到的證據幾乎都被燒光了，即使薇拉公主一個人平安無事，也無法揭發貴族們的罪行。但那些犯案的貴族不知道這件事。只要散播薇拉公主被平安救出的情報，就能讓局面產生變化。」

令人寂寞的是，瑪格已經完全適應了這個骯髒的世界。

（……不過她本人好像很高興。）

人都有善意和惡意，接受這一切並加以俯瞰，然後確實守護自己重要的事物。這是瑪格過去的未婚夫的生存方式。

瑪格現在也看著和他一樣的事物，用同樣的方式思考。她追上了憧憬的背影，即使那裡已經沒有他的身影，還是走在相同的地方。緹亞忒明白那是能讓人非常滿足的事情。她相當清楚這點。

「只不過——」

大致說明完戰況後，原本看著作戰圖的瑪格抬起頭。

「現在還看不出來下一步該怎麼做。」

「嗯？什麼意思？」

「呃……真要說起來，如果只看帝國內部的狀況，開戰派那邊的『好人』比較多。開戰能讓國家動起來，只要國家動起來，原本停滯的人與金錢就會流動。如此不僅能解決國內的各種問題，還能讓許多人幸福。反而是反戰派裡有許多人只想趁國內狀況停滯時中飽私囊。」

「啊……」

果然只有壞人和壞人在互咬。

不對，到了這種程度，已經不能算是邪惡了。在這塊土地上，只顧自己的利害才是常態，所以經常和鄰居產生對立，大家是在這樣的大前提下生活並全力為了生存努力。

緹亞忒無法接受，也無法喜歡，當然更是完全不想住在這裡成為他們的一員。不過只因為和自己的常識不同就否定對方，好像也不太對……大概是這樣吧。

「引發問題的瀆職貴族們的首領是巴托洛克卿。」

「我好像在哪兒聽過這個名字……」

「就是拜託緹亞忒小姐潛入的那座城寨現在的主人。他和史特恩卿同樣受歡迎，是反戰派中的另一位英雄。」

這麼說來，剛才和薇拉公主說話時好像也提過這個名字。

「史特恩卿已經不在了。若薇拉公主成功在典禮上揭發貴族們的罪行，反戰派就會失去兩個作為中心人物的英雄。」

「這……唉……原來如此。」

雖然緹亞忒想吐槽為什麼那麼糟糕的人會是中心人物，但講了也沒用。而且那些能夠成為英雄的人，原本就會在累積實力的過程中做出許多事情。

「只要反戰派失勢，帝國就會再次朝戰爭的方向發展。快的話只要三步或四步，也就是只要約半個月就會向十一號懸浮島宣戰吧。」

十一號懸浮島。

令人懷念的科里拿第爾契市所在的懸浮島，就在離這裡不遠的天空中。在漫長的天空歷史裡，帝國多次想要入手卻無法如願的土地。

「……如果天空的情況變得動盪，我會很困擾。」

保險起見，緹亞忒開口提醒瑪格。

「護翼軍之所以會默認這次的事件和悄悄派我過來協助『殘光』，都是基於某個目的並附加了其他條件，妳可別忘了這點。」

「我知道，我沒有忘記。」

瑪格用手指抵著額頭開始思考。

「必須同時滿足多個勝利條件的棋局真的很難……我需要想一下……」
「嗯，一切就靠妳嘍。」
瑪格驚訝了一下，然後開心地笑道：
「好的，交給我吧！」
她用孩子般的開朗笑容用力點頭。

5. 帝國的城鎮

貴翼帝國是個歷史悠久的國家。
帝國人民都對自己的族人背負著這個歷史感到驕傲。
自尊是一種財產。財產能為人帶來餘裕，給予不用擔心未來的希望。然而與此同時，財產也會奪走人們的不安，讓他們疏於替需要提防的未來做準備。沉醉於榮華富貴的城市很快就會毀滅，這不是什麼罕見的事情。

†

那是一座小城鎮。
一座位於史特恩領地的邊境，座落在險峻山腰上的無名聚落。
有人在那裡養羊、製作香水，或是經營旅館讓商人們住宿，另外還有許多產業支持著那些人的生活。將這些要素全聚集在同一個場所後，就會變成一個像這樣的地方。

這裡的街景是由乾燥的土、草和形狀歪曲的石頭建構而成。

不管是說這座城鎮從一百年前就存在，或是一百年後也依然會是這樣，都相當有說服力。這裡的景象就是如此平靜。

「嗯——」

從瑪格等人的藏身處來這裡有一段距離。再加上山路，徒步應該要花許多時間。不過這對幾乎能直接飛到這裡的人來說不是什麼大問題。

這裡是個比想像中還要普通的城鎮。簡單來說，就是沒有像鳥巢那樣在樹上蓋房子，而是正常地在地面建造能靠步行進出的普通住宅。

仔細想想，這也是理所當然。雖然支配階層大多是有翼種，但並非所有國民皆如此。因此標準市民居住的城鎮自然也得方便沒有翅膀者居住。

（雖然到了帝國中央後，就不是這樣了⋯⋯）

姑且不考慮這些背景，異國仍是異國，有許多令人耳目一新的事物。

舉例來說，只要環視大路就會發現有許多小吃攤販。

以及數量多到不輸攤販的公共廁所。

這當然也是有原因的。有翼族有個共通的習性，那就是每餐的量都不多，但一天會用餐多次。他們基本上都過著不會吃太飽，然後隨意視情況補充能量的生活。

所以方便頻繁用餐的攤販就會增加。

而為了讓人在必要時能立刻減輕身體的重量，自然也會設置許多廁所。唔嗯、唔嗯。

某個不能引人注目的人想像著有翼族的生活——

「邊走邊吃……真是開心！」

在兜帽底下輕聲喊道。

一餐的分量不多，就表示能輕易享受各種美食。而原本就不用擔心吃太飽的無徵種，就算肚子裡裝了比預期還要多的食物也不成問題。

或許是基於種族的特徵，這裡的食物調味大多過於簡單，或是仰賴穀物原本的味道，但這都無所謂。因為只要用辛香料就能彌補，而且習慣後就算直接吃也十分美味。和喜歡生肉的獸人，或是一些常吃甲蟲類的爬蟲族(Reptrace)相比，這些不會吃壞肚子的食物可以讓人放心地食用。

緹亞忒依序吃著用蔬菜和肉做成的串燒走在街道上。

她並不是為了吃飯才特地跑來這裡。

姑且是有其他事情要辦。

有個像是硬擠進小巷子之間的小公園。

緹亞忒坐在公園角落的長椅上繼續大快朵頤。

「……原來如此。」

一個外表像勞工的狼頭獸人坐在長椅旁邊——這位擔任護翼軍聯絡人的士兵壓低帽子遮住眼睛。

「事情果然變得麻煩了。」

「幸好還沒到令人嘆氣的程度。雖然不是自己親自掌舵，但前進的方向沒有問題。目前……應該還算是進展順利……」

別說沒有親自掌舵了，作戰的細節根本是全部交給瑪格處理。儘管是非正規的行動，但這種將主導權讓給外人的作戰大幅脫離了護翼軍的常識。如果這件事傳進高層的耳裡就不妙了。

「目前的狀況應該是朝著**我們的目的**發展。」

「要這樣報告給菈恩托露可大人嗎？」

「嗯，麻煩你報告了。護翼軍那邊有什麼變化嗎？」

「沒什麼變化。總團長還是每天都在哭喊想要個優秀的輔佐官。」

「啊……因為艾瑟雅學姊回倉庫了……」

緹亞忒遙望遠方。

以相當二等武官的權限在第五師團幫忙的艾瑟雅．麥傑．瓦爾卡里斯，原本就是勉強拖著虛弱的身子在工作，所以在約一年前搞壞了身體。雖然她後來順利康復，但被醫生警告「絕對不能再繼續勉強身體」，於是只好惋惜地離開軍方。

艾瑟雅本人表示妖精原本就是用過即丟的兵器，因為健康理由離開前線實在是莫名其妙；然而其他相關人士口徑一致地勸她不管怎樣都該好好休息，將她連同輪椅一起丟進了妖精倉庫。

順帶一提，原本被當成兵器的妖精兵根本就不適用於退役制度，所以文件上應該加上了不少牽強的藉口吧。

「可惜這方面的工作不能挖角瑪格來做。明明她的能力非常適合。」

「……妳是說『艾爾畢斯殘光』的首領嗎？」

坐在長椅上的狼頭獸人稍微抬頭仰望天空。

「我曾和負責聯絡的『殘光』成員接觸過幾次，但每個人看起來都缺乏感情，彷彿只安裝了廉價自我的自律人偶（Golem）。」

「啊～嗯，說得也是……」

畢竟「艾爾畢斯殘光」的成員全都是些曾被藥品或調教抹殺過自我的人。雖然有一部分的人在經過漫長的時間後，稍微出現了恢復的跡象，但依然沒有取回一般人會有的喜怒哀樂。

所以他們以前曾被叫代號B的少年懷抱的憤怒吸引並跟隨他。而現在也基於同樣的理由跟隨瑪格。

「我明白他們是協助者，但至於是否值得信任就……」

緹亞忒用笑聲蒙混過去。

她很想說那些人其實不像外表看起來那麼壞，但他們確實是犯罪者，是毫無辯解餘地的壞人。

「這個帝國裡的那些鳥也一樣。他們到底把我們當成什麼啊？」

狼頭獸人換了一個抱怨的對象。

「居然只因為我們是獸人就瞧不起我們。」

沒錯，有翼族具備類似選民思想的文化。

他們會自然地瞧不起無法飛行的種族。然而他們其實沒有惡意，甚至毫無自覺。這種傾向在有翼族人口占多數的貴翼帝國特別明顯。

不是只有這裡的少數派待遇較差，不管哪個時代或場所皆是如此。當然，這並不能合理化他們的思想或行為，只是單純感到煩躁或用正義粉飾憤怒，也無法改變任何事情。

（……這個話題真是困難呢。）

從緹亞忒的角度來看，無論是輕視無翼者的貴翼帝國，還是輕視無徵種的懸浮大陸群大部分的聚落，都沒有太大的差別。話雖如此，她也不打算說這是每個地方都有的事情，所以不用在意這種偏頗的話。

結果她只能以曖昧的笑容蒙混過去。

「簡單來講，就是令人不悅。他們以為我們護翼軍究竟是在為了誰而戰鬥……」

「啊，到此為止吧。」

緹亞忒伸手打斷狼頭獸人。

「最好別往這個方向想。護翼軍的目的是守護懸浮大陸群，這點絕對不能忘記。雖然個人喜好是自由的，但想要守護某人或不想守護某人這種事，最好還是別想比較好。」

「這個……」

「只有暴君或是故事裡的主角才能夠只守護自己喜愛的事物。要連自己討厭的事物也一起守護，才稱得上是守護者吧？」

「可是這種想法……」

獸人用長長的嘴巴嚥了一下口水——

「實在非常高潔，不對，太過高潔了。」

說出誇張的話。

「高潔的事物通常很脆弱。遲早有一天會崩潰吧……」

「啊~嗯。大概，總有一天會變成那樣吧。」

緹亞忒瞬間想起某人的臉。某個吶喊著無法容許妖精為了其他人犧牲，結果卻犧牲了自己的笨蛋。

那個人為了守護自己喜愛的事物，犧牲了自己討厭的事物——特別是最討厭的自己。

他吐著血，吶喊著憤怒的言論與充滿愛的謊言。

現在的緹亞忒能夠理解他的想法。

但她至今仍無法肯定那個人，也決定要一直否定下去。她要無視個人喜好，持續拯救所有人。如果不這麼做，她就只能一直對那個最討厭的對象抱持著懊悔。

「總有一天會崩潰，但幸好不是現在。」

緹亞忒自嘲地輕笑道。

獸人稍微退縮了一下，像是不曉得該說什麼似的張著嘴巴，然後用發條人偶般的動作從長椅上起身。他用僵硬到彷彿直接碰觸就會被割傷的站姿，恭敬地行了一禮。

「我、我非常尊敬您！」

獸人大喊出這句話後，就直接跑走了。

「……咦？」

緹亞忒就這樣獨自被留在冷清的公園裡。

雖然很想問這是怎麼回事，但遺憾的是現在的緹亞忒大致能理解他想說的話。

緹亞忒・席巴・伊格納雷歐。

過去拯救了科里拿第爾契市的英雄。

科里拿第爾契市現在也立著許多她的石像，或是將她當成繪畫主題。描寫一連串事件真相的歌劇變成劇場的固定節目，紀念博物館打出「連那位英雄也讚不絕口」的口號販賣的葉菜羊肉捲（Wrapped Lamb）也十分暢銷。

這些粉飾過的故事其實原本都只是些芝麻小事。外加因為每尊石像都被美化過，所以即使本人站在石像前面也不會被認出來（這讓潘麗寶大笑了一番），歌劇的劇情當然也幾乎都是虛構（演費奧多爾的演員是個超帥氣的白色虎頭獸人），葉菜羊肉捲則是真的很好吃（但當初讚不絕口的人是可蓉）。

不過即使如此，在知道一些內情的護翼軍內部，像剛才的獸人那樣將黃金妖精神格化的人還是變多了。因為並非事不關己，這讓緹亞忒感到有些難以招架。

「我明明就沒做什麼了不起的事情，也沒說什麼了不起的話。」

在五年前成為英雄，至今也仍被當成英雄的少女，獨自在冷清的小巷子裡吃著剩下的串燒。

不過比起講的內容，說話者的身分通常更加受到重視。只要對方擁有「厲害英雄講的話一定也很厲害」的先入為主印象，或許之後不管說什麼都無法改變結果。不管是聽話或講話，溝通都是一件難事啊。咀嚼咀嚼。

一陣小巷子裡特有的強風吹起。

緹亞忒接住一張被風吹來的傳單。

她繼續咀嚼嘴裡的肉，看了一下傳單內容。她還不太熟帝國文字，但大概看得出來是在宣傳什麼東西。似乎有個移動遊樂園來到了這座城鎮。

「唔嗯。」

緹亞忒覺得有點有趣，但再怎麼說也不會想一個人去。

吃完肉後，她從長椅起身準備回位於湖畔的房子。

6. 帝國的街道與移動遊樂園

時間過了三天。

薇拉公主這段期間幾乎沒有離開過房間。她持續待在分給她的房間角落低頭沉思。緹亞忒試著進入房間向她攀談過幾次。

但成果不盡理想。薇拉公主只有被搭話的時候會回答。

天氣、料理、喜歡的書，或是最近看的映像晶石《百分之三十的名偵探》系列（這是以帝國為舞臺的不朽名作，她不可能沒看過）裡最喜歡哪一集……不管開什麼話題，都沒辦法持續下去。

完全無法知曉她是個什麼樣的人。

「我有點意外。」

瑪格搔著臉（鬍鬚隨之晃動）困惑地說。

「我本來以為薇拉公主是跟我一樣的**棋手**。俯瞰周圍的一切，利用有限的步數推動情況，然後奪得勝利。所以我本來以為她在這裡時也會收集各種情報，替典禮做準備……」

史特恩家計劃在典禮上揭發其他貴族的瀆職罪行。瑪格推測如果薇拉公主的內心沒有因為失去家人受挫，應該會為了這件事情做準備。而這的確很有可能。

結果瑪格的推測只對了一半。少女沒有放棄完成計畫，但也沒有打算為此採取什麼具體行動。

「雖然我告訴她會協助她準備，若有什麼需要大可直接開口。」

然而薇拉公主聽完還是沒有採取任何行動或提出任何要求，只是任憑時間流逝。

「妳很困擾嗎？」

「……我想要某個大變化。如果直接執行公主的計畫，在巴托洛克卿失勢後，就無法阻止戰爭了。這麼一來，我和緹亞忒小姐都會非常困擾。」

「這個嘛……說得也是。」

「所以這樣下去不太好。」

兩人此時都不曉得該說什麼。

她們和薇拉公主只是為了彼此的目的互相利用，照理說不需要在意她的感情與心情，也不需要知道她追求的目標和之後的得失。

緹亞忒的目的就是護翼軍的目的，也就是**懸浮大陸群未來的存續**。而瑪格的目的亦即「殘光」的目的，是朝正在受苦的人們伸出援手。

說得極端一點，其餘的事情怎麼樣都無所謂。

既然怎麼樣都無所謂……就表示她們能夠按照自己的裁量行動。

（啊。）

緹亞忒想起一件事。

「……那個，我說瑪格。」

她遲疑地問道：

「我有個請求，應該說是提案，妳願意聽一下嗎？」

†

「事情就是這樣，我們出門吧！」

緹亞忒用力打開門走進房間，然後立刻開口說。

「咦……？」

薇拉公主發出困惑的聲音。

†

「反正公主只是名字有名而已，一直窩在房間裡也沒什麼意義。既然如此，就算大膽一點也沒關係，等到真的被敵對勢力發現了再說；就算狀況產生些許變化，瑪格應該也會幫忙處理。」

緹亞忒穿著連帽大衣飛過山路如此說道。

「呃……那個？」

穿著同款大衣的薇拉公主被緹亞忒抱在懷裡發出困惑的聲音。

†

「哇啊！有旋轉木馬耶，我第一次看見實物！妳知道嗎？那些木馬會不斷旋轉喔！」

緹亞忒興奮地衝向旋轉木馬，速度快到大衣都差點鬆脫。

「呃……那個……」

被她牽著手拉過去的薇拉公主用另一隻手按住差點鬆脫的大衣發出困惑的聲音。

†

「玩得真過癮……」

緹亞忒坐在長椅上滿足地低喃。

「……那個……」

輕輕在旁邊坐下的薇拉公主發出困惑的聲音。

移動遊樂園顧名思義就是會四處移動的遊樂園。業者會用自走車或馬車載運組裝式的大型遊樂器具，到各個城鎮的廣場組裝。平常什麼都沒有的地方，多了一個期間限定的**遊樂場所**……這對渴望娛樂的人們來說是極具魅力的刺激，因此這在每個懸浮島都是相當受歡迎的娛樂。

麻煩的是因為必須載運大型行李，所以只能前往馬車或自走車抵達得了的地方，難以在道路未經整頓的鄉間，或是有許多難走山路的懸浮島營運。這一帶的地形照理說比較接近後者，這表示帝國富饒到能夠忽視這項不利要素。

妖精倉庫所在的六十八號懸浮島當然沒有移動遊樂園，沒有業者會特地橫跨天空從其他島前來。所以緹亞忒雖然有這方面的知識，卻只有透過映像晶石看過。她對移動遊樂園實際的模樣很有興趣，但不曾積極去尋找。

儘管覺得自己年紀不小了，不該像個十歲的孩子般興奮，但她決定忽視這件事。

「怎麼樣？玩得開心嗎？」

買了兩杯優格飲料的緹亞忒將其中一杯遞給同伴，將吸管插進另一杯喝起來。雖然不怎麼冰，但溫和的甜味治癒了疲憊的身體。

「咦……呃，是的……」

儘管語氣裡仍帶著些許困惑，但回答的內容明顯是肯定的。

緹亞忒滿意地笑了笑。

「太好了。我本來看妳好像很消沉。」

「消沉……」

薇拉公主一臉茫然地緩緩環視周遭。

「或許真的是這樣。我好久沒像這樣玩了。」

（咦？）

緹亞忒覺得薇拉公主的表情和回答有點不自然，好像哪裡不太對勁，但又說不出所以然。雖然有可能搞錯了，但根據她的經驗，自己的直覺有一半的機率碰觸到了正確答案。

「這裡是個好城鎮呢。」

「嗯，是啊。」

緹亞忒是外地人，所以當然無法拿這裡和帝國的其他城鎮比較。所以她直接按照字面解讀，坦率地點頭。

「呃，是緹亞忒小姐吧？妳……」

薇拉公主看著街景，以曖昧的語氣問道。

雖然納悶對方為何要說得這麼不確定，但緹亞忒後來才想到自己當初可能忘了報上名號。真是大失誤。因為自己單方面認識對方，再加上第一次見面時相當慌忙，居然就忘了好好自我介紹。

那麼這時候該怎麼報上名號呢？緹亞忒不能說出自己隸屬哪個組織這類細節，但廉價的謊言又不可能行得通……就在她開始煩惱該怎麼辦時，薇拉公主繼續詢問：

「……該不會和科里拿第爾契市的英雄有關，不對，應該就是本人吧？」

優格飲料跑進氣管。

害緹亞忒用力嗆到了。

她痛苦地咳了十幾秒後——

「咦？為什麼？妳是怎麼……」

「擁有青草色頭髮的無徵種，以及翅膀會散發七彩光輝的稀少種，這些都符合傳聞中的特徵。還有用嬌小的身體揮舞巨劍……」

啊～嗯，沒錯。毫無辯解的餘地，特徵實在太一致了。

當地早已用這些特徵盛大報導，緹亞忒也曾多次在遊行等場合露臉。在科里拿第爾契市與其周邊的城市，應該有許多人聽過這些特徵。

不過緹亞忒以為在很少與他國外交的帝國內，自己的知名度應該沒那麼高，所以並沒有特地隱藏身分。

「據說妳打倒了讓〈獸〉寄宿在自己身上的魔王……」

「哎呀，哈哈哈。」

雖然這樣形容有點誇大，但外界確實都如此認為。輿論持續朝這個方向渲染，而護翼軍也完全沒有發表訂正聲明。真要說起來，除了魔王這個詞以外，幾乎都是事實。

「妳怎麼會知道得這麼清楚？」

「因為史特恩家也會收集國外的情報……」

這麼說來，這也是理所當然。科里拿第爾契市是侵略清單裡的第一優先，如果不了解那裡，那麼不管是想開戰還是反戰都有困難。

「……換句話說，妳討伐了邪惡的人吧？」

「呃，那個……」緹亞忒的聲音越來越小。「雖然不能大聲張揚，但大概就是那樣沒錯，嗯。」

科里拿第爾契市的英雄，亦即護翼軍的妖精。

如果要在帝國內進行諜報活動，這確實算是傳出去會很不妙的情報。話雖如此，既然目前和薇拉公主是利害一致的關係，就不需要太過神經質地隱瞞她。

「只是有點難為情，所以希望妳儘量別提這件事。」

「難為情嗎……」

「我真的不是當英雄的料。雖然我已經放棄說服軍方的人，但在軍隊以外的地方，我還是希望能當單純的緹亞忒。」

聽完這句話後，薇拉公主稍微低下頭，像是在思考什麼。

緹亞忒試著從側面觀察，但大衣的兜帽遮住了薇拉公主的表情。奇妙的沉默降臨在兩人之間。

剛才嗆到的喉嚨隱隱作痛。

緹亞忒默默地小口喝完手上的優格飲料。

「……即使如此，我還是想拜託妳兩件事。」

薇拉公主輕聲開口。

「好啊，什麼事？」

緹亞忒姑且先答應，聽聽看是什麼事情。薇拉公主瞬間困惑地顫抖了一下，然後立刻轉向這裡。

「我有個想去的地方，妳可以陪我去嗎……？」

這個城鎮並不大，只要稍微向路人打聽，馬上就能知道去目的地的路。然後，兩人沒走多久就到了。

「就是那裡。」

在離市中心有段距離的山丘上是一片公共墓地，墓地深處蓋了一動白色的大施療院。相較於城鎮的規模，這座設施算是相當大，好像是專門用來讓罹患肺病的患者從都市區來這裡療養。

如果收容大量患者，在這裡長眠的人自然也會增加。其中也有因為某些因素無法回到家人身邊的人。那種人最後就會被安置在這座公共墓地裡——

薇拉公主停下腳步。

緹亞忒也跟著止步。

她試著等了一會兒，但薇拉公主毫無反應。

「妳不進去嗎？」

「……是的。到這裡就夠了。」

「妳來這裡不是有事嗎？例如有熟人住院之類的。」

緹亞忒問完後才發現，理應是深閨千金的青鷺姬薇拉應該不會有那種知己。

「不是這樣的。」

不出所料，薇拉公主靜靜搖頭。

「如果是擔心被人認出來，我可以幫妳變裝。」

「不用了。只要能從這裡看過去就夠了。」

這是明確的拒絕。話都說到這個分上，緹亞忒也不好再說什麼。薇拉公主遙望施療院，緹亞忒也保持距離觀望著她。

（這是什麼感覺？）

即使遭遇不幸，差點就要崩潰，依然努力抬起頭看向前方。然而即使看著前方，還是很難向前邁進。

這和堅強不同，也不像下定決心。打從第一次見面那天開始，緹亞忒就覺得那個表情奇妙地似曾相識。

「……謝謝妳。」

「已經夠了嗎？」

「是的。我這樣就滿足了。」

「既然妳都這麼說了，那就沒關係。」

儘管對方看起來有些猶豫不決，但緹亞忒無法繼續追究，只能搔著臉說：

「然後呢？妳還有一個請求吧？接下來要去哪裡？」

「不，我想拜託的是典禮那天的事情……」

說話的嘴唇微微顫抖。

「那即使不用特別拜託，我們也會盡力協助妳。再說我和瑪格原本就是為此而來。」

薇拉公主輕輕微笑。

那是一個彷彿放棄了什麼，又像在自嘲的笑法。

「請妳在典禮當天殺了我。」

——咦？

緹亞忒一時無法理解這句話，瞬間僵住。

薇拉公主無視她的反應，將手抵在自己的胸前繼續說：

「請妳在典禮會場，將我這個大壞人……薇拉·史特恩給殺了。」

7. 騎士與公主

故事裡的死亡在大部分的場合都是重要的舞臺演出。其功用在於擾亂讀者的心情，按照準備劇本者的希望，讓讀者的感情升溫。

現實的死亡在大部分的場合都是單純的終結。雖然有時能夠事先預測，但死亡通常都是突然降臨。奪取一個生命的所有未來，然後就結束了。無論是從中找出意義，或是懷抱特別的感情，都只是被留下來的人擅自將事情合理化。

而這兩種死亡偶爾會交錯在一起。

只要利用現實訴說故事，就能藉此替現實的死亡賦予舞臺裝置的功能。設計好的悲劇，經過計算的慘劇。匯集同情，散布被害人一定是正義的錯覺，操作人們的感情。

只要巧妙使用名為性命的棋子，就能做到這種事——

這就是薇拉公主的目的，也是她的希望。

「之前的假藥流通事件，是由巴托洛克和史特恩這兩個家族主導……當然他們都沒有讓自己的身分曝光，而是巧妙地利用其他貴族……」

在藏身處的客廳，薇拉公主開始說明至今隱瞞的事情。

緹亞忒一臉茫然地聽著。

「之所以打算在典禮上進行告發，是為了趕在騎士團開始正式追究前，把罪名都推給同伴讓自己逃過一劫……而史特恩伯爵將這方面的工作都交給了女兒處理……」

那位女兒本人，將雙手按在胸前說：

「不過，薇拉．史特恩並不贊同這件事。她瞞著父親，計劃將包含自己在內的所有罪人一起告發……」

「為什麼？」

坐在緹亞忒旁邊的瑪格用僵硬的聲音詢問：

「為什麼要特地這麼做？」

「……該說是受到朋友的影響吧。」

薇拉公主露出寂寞的微笑。

「雖然房子被燒，史特恩伯爵也死了，但之前準備好的計畫並未受到影響。參與犯行的共犯名冊早就事先交給別人保管。等我死在典禮上後，那些資料就會被公布……」

帝國人民傾向重視愛與榮耀等能夠豐富精神的概念。這表示無論是好是壞，他們都容易朝抒情的方向思考。換句話說，他們不重視證據與數字，而是以內心是否被打動，或是事件有沒有戲劇性來判斷事物的對錯。

對他們來說，只靠口頭進行告發根本不夠。即使陳列出證物，也無法觸及他們的內心。年輕少女賭命控訴並實際因此喪命，至少要有這種誇張的演出，才能讓他們注意關鍵的事件。

「……所以，希望妳能在典禮上用能夠銷毀屍體的方式殺了我。」

喔～原來如此～──緹亞忒輕輕點頭表示理解。

她茫然地聽著這段話（因為她還是不太懂政治方面的事情），在內心反覆思量那個讓自己接受的答案。

緹亞忒能夠理解少女想做的事情和她的心境。想要打倒巨大的敵人，但自己實在太過無力，而如果要不擇手段，那就只剩一個解決方法。亦即──

（為了改變戰況，只能把自己的命當成炸彈使用。）

這的確是很殘暴的手段。按照符合世間一般標準的倫理觀念來看，這想法真的非常不得了。

可是緹亞忒無法否定這個選擇。

身為黃金妖精的她沒有那個資格。

因為她還記得那些用這種方式使用自己性命的姊妹們，也沒忘記自己想做相同的事情時下定的決心。

薇拉公主過去曾數次露出做好覺悟的表情，緹亞忒每次看見都會覺得似曾相識。如今謎題都解開了。簡單來說，就是她們前陣子的表情。是她們周圍的人們一直在看的表情。

「我明白了。」

瑪格輕輕點頭，回答時的聲音依然十分僵硬。

「但我單純針對這個作戰有些疑問。那就是妳為什麼非死不可？為什麼必須借助緹亞忒小姐的力量？」

緹亞忒覺得瑪格很嚴厲。

瑪格過去曾數次在生死之間徘徊，最後選擇苦悶地活著。關於生命的用法，她應該有著和緹亞忒不同的想法。在這樣的前提下，瑪格不會肯定或否定別人的想法，只是覺得要做就一定要成功，所以才要讓作戰更加完善。

「…………」

「最後是最讓我在意的一點。為什麼要『銷毀屍體』？」

「那是因為……」

薇拉公主開始變得結結巴巴。

這麼說來，這件事確實很奇怪。光就目前聽到的作戰計畫，薇拉公主只要在典禮現場自殺就能達成目的，沒理由特地從外面找刺客。

反過來想，就是需要刺客。薇拉公主有理由需要刺客，但沒有說明。這個祕密並沒有小到能夠忽視。

「我想到了一個可能性。」

瑪格開口說：

「有幾個不自然的地方。有些薇拉公主照理說能夠做到且應該會做的事情，**妳**並沒有做到。」

青翼少女驚訝地抬起頭。

「那是因為……」

「該不會**妳**其實——」

此時傳來一陣刺耳的尖銳笛聲。

「怎、怎麼了？」

緹亞忒不曉得「殘光」的詳細暗號，但還是能輕易推測出這個聲音代表的內容。沒有起伏或節奏，只是單純刺激神經帶來不快的異常聲響。這會讓聽者瞬間警戒究竟發生了什麼事情。光是這樣，這道笛聲就已經充分完成它的任務。

換句話說，這是警笛。

接著傳來鋼鐵互相敲擊的聲音，以及沉重物體互相撞擊的聲音。雖然沒有慘叫或怒吼，但再怎麼遲鈍的人應該都能理解狀況。

是敵人來襲。

†

肉體和精神都已經化為異形的「殘光」成員們，在單純短兵相接的戰場上無法成為優秀的士兵。因為他們光是暴露在他人面前，或是遭到他人關注就會感到強烈的痛苦。所以在五年前那場襲擊護翼軍基地的事件中，他們主要是從黑暗中發動奇襲。

但即使扣掉這項不利要素，他們經過異常改造的身體還是很強韌。而如果不是經過正規訓練的人，應該很難抵擋由異常身體揮出的刀刃。所以即使無法成為優秀的士兵，他們仍是擁有一定水準的戰士。

「……哇。」

緹亞忒衝到外面後，目睹了戰場。

襲擊者只有一個人。是個身穿輕便金屬鎧甲的苗條青年。

他右手拿著裝飾華麗的短槍，左手拿著刻有徽章的圓盾。緹亞忒發現那是帝國騎士的裝備——應該說她想起曾透過映像晶石看過。

「殘光」的戰士們統一穿著黑衣，各自拿著異形短刀壓低姿勢企圖包圍青年。但青年巧妙地移動，不讓對手完成包圍。他偶爾會展開背上的紅色翅膀，就算沒飛行也能藉由用力跳躍拉開距離。這明顯是經歷過以一對多的實戰訓練才會有的動作。

據說沒有翅膀的人很少會和有翅膀的人短兵相接。畢竟正常來想，能單方面從空中發動攻擊的後者較為有利。但身著黑衣的成員全都裝備著短弓或飛刀，那個打算侵入屋內的騎士根本無法一直停留在空中，所以雙方才會展開這場罕見的戰鬥。

既然如此，緹亞忒該做的事情就是——

（總之先在地面戰鬥，讓對方冷靜下來吧。）

她如此判斷後，就徒手衝了過去。

緹亞忒沒有催發魔力，當然也沒有做出幻翼。兩邊目前都沒有必要。

她直線前進，只花了十三步就縮短一段不小的距離。

青年察覺出現了黑衣人以外的援軍，將注意力移向她。兩人視線瞬間交錯，緹亞忒嫣然一笑。

在剩下三步左右的距離時，青年伸出短槍驅趕對手。緹亞忒偏頭躲開，將兩人之間的距離化為無形。她扭轉身體，擺出右半身靠前的姿勢，隱藏自己的左半身。透過視線察覺青年瞬間困惑了一下後，緹亞忒利用這個破綻從他的死角踢出一腳——這強烈的一擊應該無法防禦，甚至連反應都來不及。

青年扭轉身體。

他的頭盔被踢飛，從底下露出顏色宛如玉蜀黍般的金髮。

「呃……？」

看來青年並非毫髮無傷。即使只有稍微掠過，那一腳仍震撼了腦部，讓青年瞬間停止動作。

緹亞忒趁勢輕輕反手揮出一拳，但沒有擊中，青年提早一步跳向旁邊。那應該不是看見或察覺攻擊才做出的動作，青年只靠直覺察覺危險，身體就毫不猶豫地做出反應，並繼續用跳躍拉開距離。

青年試圖起身，但最後還是無力地跪在地上。

他警戒著追擊，瞪向這裡。

「……真強呢。」

這並非諷刺，而是發自內心的評價。

如果是五年前那個還不夠成熟的自己也就算了，在經過娜芙德與波翠克等人的指導後，緹亞忒的格鬥技術變得相當高超。即使沒有催發魔力，她也能一招擊倒大部分的對手。反過來說，如果不能一招擊倒，就表示這個青年並非「泛泛之輩」。

黑衣人繼續默默縮小包圍網，但緹亞忒輕輕舉起一手制止。

青年繼續以銳利的視線瞪向這裡，同時緩緩起身。

「可以請教一下你的名字和來訪的目的嗎？」

緹亞忒鬆開拳頭，揮揮手如此問道。

青年——雖然這是理所當然——絲毫沒有放鬆敵意和警戒。他似乎正在揣測對手的真意，眼神微微晃動。

「還有，我也想確認一下你是因為以為我們是什麼人才跑來這裡？」

緹亞忒思索了一下後，盡可能用友善的語氣補充了一個問題。

當然，這跟剛才的問題一樣，與其說是禮貌，不如說是姑且試著問一下，並沒有期待對方回答。重點在於主動搭話。換句話說，就是用來表達自己這邊並沒有積極的敵意。

「——你們是艾爾畢斯集商國的餘黨吧？」

這句話用的是有些粗魯的大陸群公用語。

因為並未期待能獲得回應，緹亞忒對少年那宛如猛獸低吼般的聲音感到有些驚訝。

「我都調查過了。你們是一群失去正義、主島和信仰的叛徒餘黨，並在懸浮大陸群各處施展謀略和進行掠奪吧。」

「哎呀。」

雖然被形容得很過分，但令人困擾的是大致上沒說錯。

而即使被人投以接近辱罵的言論，作為當事人的黑衣人們依然毫無反應。他們靜靜地排成半圓形圍住青年，看起來沒有要動的意思。

青年移動視線觀察黑衣人們開口說：

「而且外表看起來也像是邪惡組織。」

「唔，無法否認。」

緹亞忒平常也這麼覺得，所以覺得被人戳到了痛處。

「……那麼請問你是誰，來找這個邪惡組織有什麼事呢？」

她重新振作精神繼續詢問。

「即使擊敗這些人也無法獲得名聲或財富，也無法從公主那裡獲得感謝之吻喔。」

「嘖，別想用這種無聊的方式裝傻。」

青年不悅地啐道，接著──

「我都調查過了，薇拉在這裡吧？」

說出預料之內的名字。

「嗯？嗯？嗯～嗯？」

緹亞忒露出滿意的笑容。

不對，她當然知道現在不是笑的時候，但她察覺現在這個情況是怎麼回事了。年輕又勇敢的青年騎士前來拯救被囚禁的公主。

怎麼會有這種事。從懂事時起就經常在繪本與小說中見到，但現實從未見識過的展開，居然會發生在這種地方。儘管對自己身處的立場有些不滿，但這部分只能妥協。

「這表示你果然是想獲得美麗公主的吻嗎？」

「別裝傻了。」

「當然是要殺了她。殺了你們救出的那個惡徒。」

對方的表情看起來極度不悅。

「…………嗯？」

總覺得——

雙方的對話莫名對不起來，似乎存在著致命性的誤解。

「那個，請問你是在找哪位薇拉小姐？」

「青鷺姬薇拉．史特恩，不然還會有誰。」

緹亞忒也覺得應該是這樣。

（……不對，確實沒什麼好奇怪的。）

史特恩卿私底下做了許多壞事，他的女兒也是同黨。這件事實從某個地方洩漏出去，那個騎士聽說後就生氣地趕來。儘管不怎麼浪漫，但這並非不可能。

雖然這樣真的是不浪漫到令人難過的程度。

（唉————）

或許是因為剛才瞬間興奮了一下，緹亞忒的心情瞬間跌落谷底。這股沮喪到底該由誰來負責呢？

這下該怎麼辦才好？

緹亞忒稍加思索。

最後得出該做的事情沒有改變的結論。雖然還是再問詳細一點比較好，但總之先打倒對方讓他閉嘴吧。不對，應該是溫柔地規勸對方，讓他冷靜下來。

緹亞忒催發適當的魔力。

然後輕巧地當場跳了幾下。

吸氣、吐氣，再次吸氣——

「要上了。」

她如此宣告，同時衝了出去。

緹亞忒將姿勢壓得極低，張開雙腿靠跳躍縮短距離，露骨地攻擊對手的腳邊。

這麼一來，擁有翅膀的騎士自然會跳起來閃避攻擊，同時從緹亞忒的死角刺出短槍。

與實力不如自己的對手戰鬥時，必須特別留意不讓對手有太多選擇。只要剝奪對手的選項，實力較強的一方自然會獲勝，這在大部分的戰鬥中都是不變的鐵則。

青年跳躍，占據了一個能夠俯瞰壓低身子的緹亞忒背部的位置。

緹亞忒瞄準那一瞬間張開光翼。

突如其來的光芒讓青年瞬間眼花。緹亞忒抓準這個時機運用飛行的要領，直接透過光翼操縱施加於身體的慣性。她將原本向前衝的力道，直接轉換成原地扭轉身體的力道，在踢開槍尖後繼續將腳往前伸，用力踢中了青年的腹部。

（有踢中的感覺。）

青年像個砲彈般橫向飛了出去——

低沉的碰撞聲接連響起。

結實地挨了緹亞忒一腳的青年在地上彈了一下後，又用力撞上藏身處的牆壁才總算停了下來。

「唔……」

緹亞忒原本打算直接踢暈青年，但青年結實地挨了一腳後依然保有意識。

光是這樣就值得敬佩。青年擁有戰鬥的技術和經驗，並經過紮實的鍛鍊，而且即使這一切都被人擊垮，他仍頑強地試圖起身，意志十分堅強。

即使如此，光靠鬥志還是無法顛覆戰況，已經受到傷害的身體也無法動彈。他只能繼續以銳利的眼光瞪向這裡。

「殺了我。」

青年似乎還剩下開口的力氣。他痛苦地喘息著，勉強吐出這句話。

「不，我才不會殺你。你到底把我們當成什麼人了。」

「你們是艾爾畢斯的餘黨吧？」

「沒錯。」

儘管無法習慣，但他們確實是邪惡集團。

「而且還藏匿了薇拉。」

「沒錯。」

根據之前聽到的說法，薇拉公主確實是邪惡的幕後黑手（從某方面來看），這點無從辯駁。

「唉……先不管這個了，我們談談吧。這當中或許有什麼誤會，就算沒有，或許也能透過談話解決，當然也可能沒辦法解決，真是的，有夠難處理——」

就在緹亞忒的視線往斜上方瞥，煩惱地說著這些話時——

「緹亞忒小姐——」

房子的門打開了。

那扇門就開在被踢飛的青年撞上的牆壁上，換句話說就在目前動彈不得的青年旁邊。

瑪格——以及薇拉公主偏偏從那裡現身。

「啊。」

緹亞忒驚覺不妙。

這名青年是刺客，他的目標是薇拉公主，目的地則是眼前的房子。雖然她已經讓青年失去戰鬥能力，但同時也讓他接近了房子。這個距離近到只要發生一點小意外就可能釀成大禍。

而如今意外真的發生了。現在這個瞬間，青年和薇拉公主之間幾乎是零距離。相較之下，緹亞忒與兩人之間卻隔著一段無法立即縮短的距離。

（快離開那裡——！）

時間甚至不夠她喊出這句話。

戰鬥時催發的魔力當然早已平息，沒有時間重新催發。如今只能立刻衝進兩人之間拉開他們，但是來得及嗎？

薇拉公主本人無視緹亞忒內心的糾葛，開始動了起來。

她直接走到青年身邊。

然後蹲下看著青年的臉。

（等等……妳在做什麼……）

焦急和困惑讓緹亞忒停止動作。

在這個瞬間，薇拉公主輕輕將手掌貼在青年臉上——

『……你在做什麼啊，笨蛋貝諾。』

她輕聲用帝國語如此說道。

青年勉強將視線往上移動，確認聲音主人的臉。

『啥？』

然後發出傻眼的聲音。

『妳……咦……為什麼？』

腹部受到重擊後，就連出聲都會變得很辛苦，但青年像是忘了這件事般，持續表達困惑，然後——

『……為什麼妳會在這裡？』

青年對著剛才宣告要殺害的對象，也就是薇拉公主——

不對，是自稱薇拉公主的少女——

『**吉歐蕾塔**。』

喊出了不同的名字。

8. 表裡交錯的奸計

『笨蛋。』

『…………』

『笨蛋。』

『…………』

『為什麼要來這種地方？你把一切都搞砸了啦，笨蛋。』

『……吵死了。』

緹亞忒納悶著自己究竟在看哪齣鬧劇。

有兩個人坐在沙發上。青年和少女看也不看彼此，進行著不曉得算不算爭吵的對話。

『話說妳的身體還好吧，有沒有被火燒傷？』

『你擔心錯地方了吧，笨蛋。』

『吵死了，不要動不動就一直罵人啦。』

兩人持續用帝國語對話。

緹亞忒茫然地看著這副場景，逐漸釐清狀況。

這位年輕騎士名叫貝諾．賈銘，是帝國貴族的次子，也是薇拉公主——真正的青鷺姬薇拉．史特恩的未婚夫。

而直到剛才都還在假冒薇拉公主的少女名叫吉歐蕾塔。她是正牌薇拉公主的同乳姊妹兼最親近的隨從，並且從小就與公主的未婚夫貝諾青年相識。

（這下事情真的變麻煩了。）

——既然如此，用消去法就能跟著釐清其他事情。

真正的薇拉．史特恩已經在史特恩家遇襲時被殺害。而因為原本就很少人知道她的長相，所以擁有相似青色翅膀的吉歐蕾塔就被當成薇拉公主抓走了。

吉歐蕾塔沒有澄清這個誤會，直到被瑪格識破前一直扮演著薇拉公主。大概是有什麼理由讓她不惜賭上性命這麼做吧。

（但應該不只如此吧。）

緹亞忒側眼瞄向瑪格。同樣看著兩人爭吵（？）的瑪格似乎正陷入沉思。她將手指抵在嘴邊，靜靜地觀察兩人。貓咪耳朵偶爾會靈活地晃動，這大概是她集中精神時的習慣。

『說起來，你……你……』

薇拉亦即吉歐蕾塔的聲音逐漸失去氣勢。

表情也開始崩潰。

然後她就這樣開始低著頭不斷哽咽。

『為什麼要來啊……我好不容易能夠赴死……』

『吉歐蕾塔。』

『好不容易能夠放棄……』

這段話實在缺乏脈絡。

就連貝諾可能都無法理解。那種眼淚，只有體驗過的人才能明白。

『吶，吉歐蕾塔。聽說那間宅第裡的人都死了的時候，我非常悲傷。』

『……就叫你別說這種話了……笨蛋……』

『謝謝妳活了下來。』

之後兩人好一段時間都沒說話，只剩下吉歐蕾塔的哽咽聲。

仔細想想，吉歐蕾塔至今也有幾次在提起青鷺姬時表現出奇妙的距離感。緹亞忒原本以為是這位公主太不知世事，原來那其實是隨從對正牌公主的印象。

例如已經習慣當籠中鳥。

或是因為受到朋友的影響才決定告發罪行。

這些都是平常不在別人面前露面的青鷺姬真正的姿態吧。

因為兩人希望可以不受打擾，緹亞忒便和瑪格一起離開房間。

隔壁的房間是一個堆滿灰塵的倉庫。這個狹長的房間原本是傭人的準備室，角落堆著許多生活用具。

由於沒地方坐，緹亞忒只能抱胸靠在牆上。

「瑪格，妳早就發現她不是真的公主了嗎？」

她首先試著這樣問道。

瑪格在房間角落找了一張沒鋪床墊的床坐下。

「我一直覺得奇怪，但直到剛剛才發現她不是薇拉公主。」

瑪格的聲音聽起來有點沮喪。

「我不擅長識破**謊言**啊。」

這句話應該並非特地講給緹亞忒聽，只是單純的自言自語。

（原來如此。真是個意外的弱點。）

緹亞忒輕輕點頭接受這個答案。

（雖然她從現有盤面中找出最佳棋步的能力堪稱無敵，但如果那個盤面裡摻雜了虛假的情報，還是會判斷錯誤呢。）

她本來覺得瑪格成長後就像是去了某個遙遠的地方，但其實還殘留著這個意外的弱點，或者該說是令人感到親切的部分。這讓緹亞忒心情十分複雜。這並非值得高興的事情，更不是需要嘆氣的事情，那到底該怎麼看待才好？

（這部分跟**那傢伙**完全相反呢。）

那傢伙當然是指曾和瑪格有過婚約的笨蛋墮鬼種。包含識破謊言在內，他極度擅長解讀盤面。即使看在旁人眼裡，兩人可以說極為相似，但仔細觀察就會發現他們各有缺點，同時也能互相補足。

先將這件事放在一邊——

「既然如此，有些事情的意義就不一樣了。『史特恩伯爵將調查和告發的工作都交給了薇拉公主處理』，這段話不是在說她自己，而是她的主人。難怪會覺得她好像一直在說別人的事情。」

「這個嘛……是這樣沒錯。」

瑪格表現得游移不決。

「有什麼事情讓妳感到在意嗎？」

「就是關於剛才的話題。『希望能在典禮當天殺了她並銷毀屍體』這件事，終於說得通了。」

緹亞忒稍微思考了一下。

她的頭腦非常單純，缺乏理解他人企圖的能力，坦白講就是非常不擅長。不過多虧她五年前曾經認真思考各種事情到腦袋發熱的程度，現在即使不擅長還是有辦法進行思考。

「……為了執行正牌薇拉公主準備的瀆職暴露計畫，必須讓薇拉公主在眾目睽睽下死去嗎？」

「沒錯。」

「真正的薇拉公主已經不在了，但還是有方法滿足『讓薇拉公主在眾目睽睽下死去』

能不能再見一面？

的條件。反正已經沒人認識正牌公主，所以只要殺個冒牌公主就行了？」

「沒錯。」

「但冒牌貨終究是冒牌貨，如果被人詳細調查或許會露出馬腳，所以得在那之前銷毀屍體？」

「沒錯。」

啊啊——原來如此。該怎麼說，真是淺顯易懂。是個能夠讓人點頭接受，然後變得心情鬱悶的理由。

這個似曾相識的感覺，讓緹亞忒感受到一陣強烈的暈眩。

——我好不容易**能夠赴死**……

吉歐蕾塔剛才說的話，是只有體驗過的人才能夠明白的淚水與嘆息。

所以貝諾可能無法理解。

而**緹亞忒則是非常明白**。

——……我啊，果然還是覺得死掉這件事好恐怖。

她想起過去曾說過的喪氣話，自己在萊耶爾市的廢棄劇場上對才認識沒多久的費奧多爾說過的話。

因為有重要的事物，所以才決定用自己的性命贏取。可是這份決心動搖了，再次受到原本已經捨棄的一切吸引。

緹亞忒明白這種事。

「我果然……不太喜歡這樣。」

瑪格勉強擠出這句話。

從她沒有評斷這種事是否正確，能夠感覺到她的誠意。瑪格想要否定這種事，但不想拿道德或法律當依據，並坦白承認這是基於瑪格莉特・麥迪西斯個人的感情所做的判斷。

「瑪格真是溫柔。」

「不對，才不是那樣。」

瑪格搖頭。

緹亞忒思考自己又是如何。

現在的吉歐蕾塔讓她想起過去的自己，她對這個少女有許多想法。想要否定的心情，覺得不能否定的心情，以及自己根本沒有資格否定的結論。

她用這些複雜的想法當藉口停止思考，同時小聲地責備自己這樣會不會太卑鄙了。

9. 簡直就跟那時候一樣

分配給「薇拉公主」的房間門開著。

但緹亞忒姑且還是禮貌性地輕輕敲了一下門。

「緹亞忒小姐……」

緹亞忒輕輕舉起手，向轉過頭的少女打招呼。

「呃~吉歐蕾塔小姐？我可以這樣叫妳嗎？」

「這樣叫就行了。雖然我原本打算捨棄這個名字……但已經無所謂了。」

少女聳肩，露出寂寞的笑容。

「是叫貝諾吧，他還好嗎？」

「他被安排在樓下休息。那個……他在來這裡之前似乎被打得很慘，後來終於忍到極限了。」

「喔，這樣啊。」

對於將他打得很慘的元凶來說，這話題實在有點尷尬。

緹亞忒以前曾聽認識的人說過，有翼族的體力比其他種族差。好像是因為骨骼較細，還是體質上比較不容易長肌肉之類的原因。即使曾以騎士身分接受過近戰訓練，耐打能力還是有限吧。

「我可以問一下你們兩人的關係嗎？」

「……他是我主人的未婚夫，我們從小就認識。」

「就只有這樣嗎？」

「能用言語說明的關係，就只有這樣。」

換句話說，他們還有其他無法用言語說明的關係吧。

「關於史特恩家的事件，坊間好像流傳著一些謠言。說幕後黑手是薇拉公主，以及她自己買凶殺害親人，企圖奪取家族的實權。貝諾誤信那個謠言，然後找來了這裡……」

「所以才跑來襲擊啊。」

「是的。真的非常抱歉，我代替他向妳謝罪。」

「不用了，反正那些黑衣人也沒受傷。不如說受傷的只有他一個人。」

害他受傷的凶手厚臉皮地說道。

「那個，如果妳不介意的話……」

緹亞忒稍微猶豫了一下。

但之前下定的決心，驅使她繼續問下去。

「可以告訴我真正的薇拉公主是個什麼樣的人嗎？通常未婚夫應該不會真心相信那種誇張的謠言吧？」

「這個……只能說那個未婚夫的腦袋實在太差了……」

這話說得真過分。

「應該不僅如此吧？」

吉歐蕾塔稍微思考了一會兒。

光是思考該用什麼話來說明，就足以讓她感到迷惘。看來正牌的薇拉就是那種類型的少女。

「她是位非常聰明的人。」

這就是吉歐蕾塔最後選擇的說詞。

「她絕對不算是個好人。她能夠笑著捨棄所有美德，完全以自己的私慾為優先……」

「所以是個壞人嗎？」

「不，這部分……實在很難說明，但她幾乎沒做過任何壞事。她曾說那樣『效率太差』，不如多累積善行，還比較能夠便宜地獲取他人的信任。」

緹亞忒想起瑪格前陣子曾經說過，薇拉公主應該是和她一樣的**棋手**。她的推測應該沒錯。即使類型不同，同為組織首領，必須俯瞰狀況做出判斷這方面是共通的。

先把這件事放在一邊——

「等等，這樣不太對。」

緹亞忒插嘴說道。

「薇拉公主不是不被他人信任嗎？無論她本人如何打算，如果只做好事，名聲照理說不可能變壞。」

「因為她將功勞都讓給別人，把檯面下的負評全集中到自己身上，有時還會幫忙承擔父親或叔叔的罪行。她覺得這樣比較有效率。」

「為什麼？」

「我也有很長一段期間無法理解，直到最近她才告訴我答案。『如果受眾人仰慕者的死亡是世界的損失，那受眾人憎恨者的死亡應該算是收益』。」

一陣寒意竄過緹亞忒的背脊。

她對這句話和思考方式有印象。

「公主得了肺病。即使沒被人用那種方式殺害，她也活不了多久。所以她想用最有效率的方式活用自己有限的生命。」

有限的生命。令人不悅的是，緹亞忒對這個詞可說是耳熟能詳。

薇拉公主的生活方式和想法，都和緹亞忒認識的人很像。這點絕對沒錯。問題是她不曉得究竟是和自己認識的哪一個人很像。

不僅與她們這些妖精兵相似。

同時也和與她們互相敵視對立的那傢伙（費奧多爾）相似。

「吉歐蕾塔小姐去世後，貝諾會怎麼樣？」

「別看他那樣，其實還滿有實力的。如妳所見，他的性格也單純到不會懷疑別人的內心，所以頗有人望。只要他有那個意思，應該能活著爬到不錯的位子吧。」

這應該姑且算是在稱讚他的能力和人格吧。

「……雖然薇拉公主最後無法死在她所期望的舞臺上，但為什麼吉歐蕾塔小姐要代替她去死呢？」

「這是因為……」

吉歐蕾塔一時語塞。

「……薇拉公主不惜利用自己的性命，究竟是對自己死後的世界抱持何種期望呢？」

接下來的這個問題，吉歐蕾塔果然也無法回答。

是不知道答案、不能說，還是不想說呢？

又或者——她不想承認腦中浮現的某個想法就是正確答案呢？

†

貝諾．賈銘累癱了。

他在飛到這棟位於湖畔的房子時，就已經相當疲憊。之後又經歷一場大戰導致體力幾乎耗盡時，與緹亞忒交戰。即使沒有緹亞忒造成的傷害，他也早就累到暫時站不起來。

即使如此，他依然保持清醒。他脫掉鎧甲躺在沙發上，並在認出來人後——

「……對不起。」

開口第一句話就是這個。

「我因為誤會而攻擊你們。」

「哎，這件事不需要放在心上。畢竟除了某人以外，其他人都沒受傷。」

緹亞忒適當接受對方的道歉，拉了一張小椅子坐在離沙發有段距離的地方。

「找我有什麼事嗎？」

「嗯。關於你和吉歐蕾塔小姐的關係之類的問題，我也想聽聽你的說法。她只是你未婚妻的隨從吧？」

「……吉歐蕾塔是這麼說的嗎？」

「嗯。」

貝諾閉上眼睛，持續數秒。

就在緹亞忒訝異他該不會睡著了的時候，他再次睜開眼睛。

「她是我的表妹。」

貝諾如此低喃。

「貴族的奶媽都是由貴族擔任，而我母親的妹妹在史特恩家當奶媽。賈銘家的歷史尚淺，想和古老的史特恩家締結緣分。因為這層理由，我和薇拉才會一出生就訂下婚約。」

「你們感情好嗎？」

「誰知道。」

貝諾的聲音明顯十分不悅。

雖然從他沒有否定這點就能大致猜到他內心的想法，但這方面還是別太深究比較好。

「提議讓吉歐蕾塔當薇拉隨從的也是賈銘家。因為她們的翅膀顏色相近，正好適合當替身。刻意散布『青鷺姬』這個令人難為情的外號，也是基於這方面的考量，避免翅膀以外的部分變得太有名。」

「啊……」

雖然不甘心，但作為一個中了替身作戰的人，緹亞忒也只能接受。

「所以在聽說史特恩家只有薇拉倖存時，我就覺得她應該是靠替身活了下來。」

「你討厭薇拉公主嗎？她是你的未婚妻吧？」

「那是父母擅自決定的事情，沒什麼喜歡或不喜歡。」

貝諾在說話的同時扭動身體，背向緹亞忒。

「她是個討厭的女人，把吉歐蕾塔當成自己的東西。還會刻意當著我的面獨占吉歐蕾塔，藉此譏笑我。」

「……哦……？」

緹亞忒覺得事有蹊蹺。

貝諾的說法或許就是事實。薇拉公主只是個討厭的女人，即使對方是自己的同乳姊妹，她還是會將隨從當成物品對待，甚至展現給親戚看並藉此取樂。

但搭配吉歐蕾塔的說法後，又會產生別種印象。

薇拉公主似乎是個就連他人對自己的印象都會納入損益計算的人。這種人實在不太可能……會毫無意義地挑釁自己的未婚夫。

既然如此，薇拉公主就是想讓貝諾討厭自己。至少她不在乎自己被討厭。這樣等自己去世後，對方就能毫無顧慮地獲得幸福。

又或者是——這已經是超越想像的妄想——她可能只是在享受這種互動，覺得看認為吉歐蕾塔被搶走的貝諾生氣很有趣。

因為這代表貝諾很珍惜吉歐蕾塔。

這能讓她確信自己死後，貝諾一定會讓擺脫了蠻橫主人的吉歐蕾塔幸福。或許這對薇拉公主來說，是有背負一定風險的價值且有意義的成果——

（唉……雖然已逝之人的真意，不管怎麼想都不會有答案就是了。）

緹亞忒搔搔頭轉換心情。

現在應該問青年其他問題。不如說，目前最關鍵的問題還沒問到。

「你聽說典禮當天的計畫了嗎？關於這裡的風土病，以及假藥的事情。」

「什麼？」

貝諾像是完全聽不懂這番話般轉過身。

「吉歐蕾塔小姐打算死在典禮上。」

「……妳說什麼？」

貝諾一表示困惑，就立刻板起臉。他像是想起了什麼般，勉強起身坐在沙發上。

「告訴我詳情。」

「你躺著聽也沒關係。你身上的傷很痛吧？」

「隨便怎樣都好吧？跟妳沒有關係。」

雖然確實是如此。

「我也並非掌握了事件的全貌，只能就我知道的範圍進行說明。」

「沒關係。我也沒資格要求太多。」

貝諾正經地回答。

緹亞忒覺得青年應該會想要求更多，畢竟這件事關係到他最心愛又珍惜的吉歐蕾塔，

但她終究沒有說出口。

貝諾靜靜地聆聽說明。

他用力緊閉嘴唇，將憤怒和煩躁都封在裡面。

「……原來如此。」

貝諾勉強擠出這句話。

「不曉得吉歐蕾塔小姐為何不惜犧牲自己的性命，也要完成薇拉公主留下的計畫。」

「關於這點，我倒是心裡有底。」

「是嗎？」

「沒錯。所以我也知道她是真心想要赴死。」

貝諾嘆了一口彷彿能從地心一路鑽到地面的長氣。

「她就是那種人。」

「這樣啊。」

既然原本就是那種人，那就沒辦法了。

緹亞忒並非能夠理解箇中道理，但感覺能夠明白這句話裡包含的那種真的只能選擇放棄的心情。

畢竟世界上真的就是有那種人。

「所以呢？你們打算協助吉歐蕾塔自殺嗎？」

「不知道呢。瑪格——『殘光』的首領還在迷惘。再說讓反戰派的中心人物全滅也很不妙，何況她雖然是壞人們的老大，但基本上是個好孩子。而我……」

稍微思考了一下後——

「我個人也是隸屬於其他組織。雖然我人沒瑪格那麼好，但也會覺得很難決定。」

「這樣啊。我是希望你們能夠袖手旁觀。」

「你呢？」

「既然吉歐蕾塔已經決定了，那就不可能會聽我的勸。」

青年緊緊握住看起來有些不可靠的右拳。

「所以只能靠實力阻擾她了。」

「靠實力啊。」

緹亞忒不自覺跟著複誦。

「呃，其實我的實力不強，所以才會希望妳能旁觀。」

而即使吵鬧成這樣……

或者該說正因為吵鬧成這樣。無論原因為何——

『——我們犯了罪。』

這句話讓廣場陷入寧靜。

臺上站著一個擁有美麗青翼的少女。

那名少女對外的身分是反戰派貴族們的領導人物之一——史特恩卿的獨生女。是在史特恩卿前陣子被惡賊殺害的事件中，奇蹟生還的倖存者。她跨越傷痛，為了聲援父親的好友巴托洛克卿而前來參加典禮，並且登上講臺。

這就是她開口後說的第一句話。

『人們在面對痛苦時，會尋求救贖。當然，無論支付什麼樣的代價，都無法買到真正的救濟。儘管如此，大家還是會伸手追求救濟。而貪心地吞噬那些求助的手，可說是這個天空中最為卑劣的罪行——』

什麼都不知道的聽眾們在騷動的同時，依然好奇地側耳傾聽。

在出席的貴族們中，也有一部分不清楚情況的人因為不明白她在說什麼而皺起眉頭。

有些貴族則產生激烈的反應。他們用力拍打桌子起身，想要大聲呼喊「快讓那個笨蛋閉嘴」——但在開口的前一刻就察覺這是自殺行為並立刻閉上嘴。他們找來附近的典禮執行委員，小聲地用憤怒的語氣要委員們立刻將那個笨蛋拉下臺。

會場內充滿各種混亂。所有人都在關注臺上的「薇拉．史特恩公主」的行動和話語。

『——綠石無法治療珀腑病。其他國家的大學研究早已證明了這件事，但帝都大學不願意承認，貴族們也透過高價販賣綠石謀取利益——』

槍聲響起。

少女的胸前綻放出鮮紅的花朵。

寂靜瞬間降臨會場。

然後立刻被眾多慘叫聲淹沒。

此時大眾心裡已經完成了一個故事。她說的是真話。她與其他貴族一起犯了罪，打算趁這個場合坦白罪狀。但其他共犯在她說出致命性的資訊前，用狙擊將她封口。

人們瞬間共有了這個故事，然後陷入混亂。

他們展開翅膀企圖逃離廣場，或是在奔跑時互相推擠衝撞，大聲呼喊。現場的警備人員則被人潮壓制，動彈不得。

臺上出現了新的人影。那人全身黑衣，連性別、年齡或種族都無法辨識，看起來十分可疑。黑衣人拔出散發奇特光芒的彎刀，毫不猶豫地衝向倒在臺上的少女。

不少人目睹了那個場景。

接著，所有人都預測幾秒後會發生悲劇。那個人影的企圖十分明顯，但沒有人能夠阻止。確信悲劇即將發生的人們都不忍注視。

許多不成聲的吶喊祈求奇蹟發生。

——快來人拯救那個公主。

——別讓她高潔的想法和拚死的控訴白費。

人們紛紛對星神或其他存在如此祈求。

而他們的聲音確實傳達到了。

即使場面如此混亂，人們還是聽見了（事後有許多人提供證言）。聽見能夠驅散邪氣的翅膀拍動的聲音。

是騎士——

一名白色鎧甲上沒有隊章的的騎士降臨在臺上。

他拿著刻有美麗裝飾的短槍，像是要保護少女般擺出架勢。

典禮用的白色花瓣重新在騎士周圍飛舞。

「——奸賊們，你們應該感到羞恥！用暴力隱藏罪孽，阻止賭上性命的少女告發邪惡，就是你們信奉的正義嗎！」

騎士怒吼。

他像是在吟詩般清楚地說：

「我不會問你們是哪個家族的人！也不會詢問你們的劍是為誰效忠！但我的槍絕對不會放過沒有正義的刀刃、扭曲、傲慢與邪惡！」

廣場陷入沉默。

騎士的話宛如畫筆般劃過那陣沉默。

經過短短幾秒的寧靜。

接著彷彿將方才的所有混亂刷新一般——

人們歡聲雷動，以之前的喇叭和槍聲無法比擬的音量響徹街頭。

正義確實降臨了！

少女的呼喊確實傳達上天了！

既然如此，她控訴的邪惡一定會毀滅！畢竟正義就在此處，必然會迎來那樣的結局！

†

——呃，可是啊。

這真的是一場糟糕的鬧劇。

†

史特恩卿和巴托洛克卿都是反戰派的英雄。如果一次失去這兩個人，反戰派的勢力將會一蹶不振，導致開戰。

然而，史特恩卿已經去世，巴托洛克卿現在又是薇拉公主——吉歐蕾塔打算告發的犯人。如果一切都按照吉歐蕾塔的期望發展，情況會變得非常不妙。

最好的方法就是說服吉歐蕾塔放棄告發。巴托洛克卿並非善類，但頗有實力，只要放著不管，之後應該會成為反戰派的中心人物（在中飽私囊的同時）完成他的職責。

然後，如果要尋找其他手段，就只能透過違反規則或道德的某種不正當方法。

具體而言，就是緹亞忒苦澀經驗中的那一幕。

簡單來講——就是新英雄的誕生。

「……真的很辛苦耶。」

貝諾一臉不悅地嘆道。

「我收到了堆積如山的勳章、感謝狀和花束，還得聽一堆大人物的演講和少年合唱團的歌聲，我已經陪笑到極限了。該怎麼說才好，感覺好像只要體驗過極致的混亂和錯亂，就能看見世界的真理……妳在笑什麼啊？」

「哎呀，抱歉、抱歉。只是覺得似曾相識。」

笑到肚子痛的緹亞忒擦掉眼角的淚水，敷衍地道歉。

「薇拉公主賭命揭穿的內容，在隔天就廣泛受到市民們的關注並透過報紙曝光了。雖然巴托洛克卿巧妙地逃避了刑責，但已經失去了向心力。反戰派因為失去中心人物而差點陷入混亂，不過馬上就獲得適合充當旗幟的新英雄，然後重振旗鼓。」

這樣看下來，這次真的獲得了不錯的戰果。

「適合充當旗幟……怎麼講得好像是一根尺寸剛好的曬衣桿。」

「這樣很好吧？尺寸不合的曬衣桿真的很難用。」

「重點不是這個吧。」

貝諾趴在桌子上嘆氣。

「那個……雖然我聽得不是很懂。」

吉歐蕾塔從一旁探出身子。

「但貝諾這種小角色也能當英雄嗎？」

『妳說誰是小角色。』

『你就是個小角色吧，笨蛋。』

『妳怎麼連這種時候都要罵人。』

兩人又開始用帝國語吵架，緹亞忒決定不予理會。

「只要滿足條件就沒問題喔。畢竟連我都辦得到了。」

「不……緹亞忒小姐和這個笨蛋，根本就是六號懸浮島和砂粒的差別……」

吉歐蕾塔自然地將帝都所在的懸浮島編號比喻成偉大的大地。這種描述方式確實很有帝國臣民的風格。

「唉，反正修弗已經復職，他之後應該會在背後幫忙吧？那隻貓頭鷹值得信任，所以不會有問題。」

「……這點也讓人十分不解。修弗切羽將軍明明經常待在前線，妳究竟是怎麼跟他搭上線的？是在某個社交界嗎？」

「與其說是搭上線……」

只要一想起這件事，緹亞忒講話的聲音就會不自覺變小。

「我以前的監護人曾給他添了很大的麻煩……」

貝諾和吉歐蕾塔一同露出困惑的表情。這件事說來話長，所以緹亞忒改變話題。

「之後要請吉歐蕾塔小姐到遠方的懸浮島住一段時間。畢竟妳以薇拉公主的身分出現在眾人面前，並讓大家看見妳死掉了。這樣安排沒問題吧？」

「啊，是的，這是當然。感謝妳的關照……說到這個。」

「嗯？」

「雖然現在才問有點晚了，但緹亞忒小姐為什麼要替我們做到這個地步？」

「嗯，我有說過是因為護翼軍的任務吧？」

「不，這根本說不通。對護翼軍來說，早點開戰會比較方便才對。這樣才能基於大陸群憲章，獲得對帝國進行軍事介入的藉口。」

嗯，確實是這樣沒錯。

這種事歷史上也曾發生過好幾次。甚至可以說護翼軍第一師團實質上就是為了這個目的而存在。

之前甚至曾傳出護翼軍擊落民間艇再誣賴給帝國的謠言——由此可見，護翼軍就是這麼想要能夠介入帝國的藉口。

「哎呀，因為這裡面有些特殊狀況……嗯……」

緹亞忒稍微煩惱了一下，指向頭上。

「該說是知道後就無法放著不管，還是對壞事袖手旁觀感覺很差呢，如果不考慮這些事情，剩下的目的就是那個了。」

「上空嗎？」

緹亞忒點頭。

「我們想要的是航路。我們打算近期讓護翼軍的大型作戰艇升空。如果到時候帝國陷入混亂，就無法獲得許可了吧？」

緹亞忒小聲嘟噥：「雖然不是不能強行突破，但還是想避免這種情形……」

「呃，上空嗎？那裡沒有航路吧？」

吉歐蕾塔露出無法理解的表情。

「即使是在懸浮大陸群中，帝國也算是浮得特別高的島。比這裡還高的島就只有大賢者居住的五號懸浮島，或是禁止進入的——」

吉歐蕾塔總算察覺到了。

少女的表情印證了這個想法。

「——緹亞忒小姐，你們該不會……」

吉歐蕾塔的聲音開始顫抖。

「剛才的話要保密喔。」

緹亞忒閉上一隻眼睛，將手指豎在嘴巴前面。

「時間停止，然後繼續流轉」
-glints of lives-

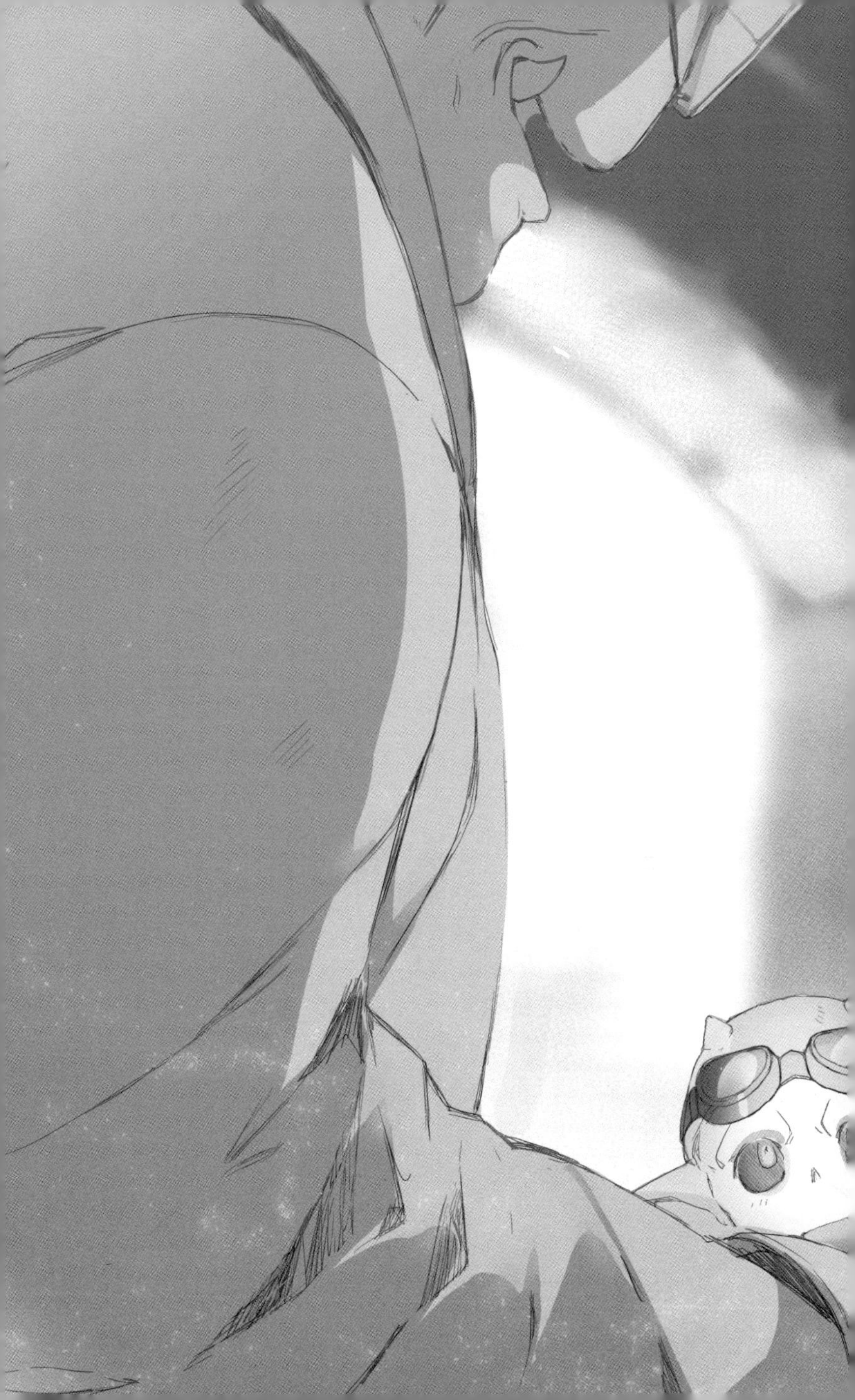

他本人表示自己度過了幸福的一生。

認識他的人也都相信這句話。

「真是忙死了。」

女子扠著腰嘆了口氣。

飛空艇的許多地方狀況都變差了，因此差不多該正式來個大翻修了。這艘船飛了很久，過程中也吃了不少苦——畢竟是用來往返地面——所以這也是無可奈何。

問題在於「維修飛空艇」這件事並不像世界上大部分的人想得那麼簡單。很花錢和必須尋找技術人員當然也有影響，但更麻煩的是必須取得各方面的許可。飛空艇對懸浮大陸群來說是極為重要的技術，是交通關鍵、資產兼強力的兵器。想擁有飛空艇必須獲得各種資格和一些機關發行的許可。而在動到飛空艇——例如進行修復或改造時，也必須獲得幾乎一樣多的許可。

也曾有官員表示如果嫌麻煩可以放棄持有。若只是想要往返地面，可以利用護翼軍的飛艇。放棄老舊的事物和新事物共存也不是件壞事。

女子當時只回了「說不定呢」。

之後她重新思考了一下。麻煩歸麻煩，她還是不想這麼快就放棄這艘船。雖然和新事物共存也不錯，但繼續沉浸在過去的感謝和感傷中一陣子也沒關係吧。

既然是自己決定要接受這些忙碌，那她自然沒有立場表示不滿；即使如此，還是會想要發牢騷。

「媽媽，媽媽。」

女子回頭看向呼喊她的人。

一個苗條的綠鬼族(Bogre)用毛巾擦著汗走過來。

「有客人來了。」

「什麼？有這個行程嗎？」

「沒有，對方沒有預約。只說是碰巧來到這附近——」

「打擾了。」

一道牆壁靠近——至少看起來是這樣。

因為高大的種族通常不會持有小型到中型的飛艇，所以這個工房辦公室是配合體型嬌小的種族建造。這種建築物的走廊對單眼鬼(Cyclops)的巨大身軀來說實在太窄了。

即使被迫彎腰，並且縮起肩膀擺出不自在的姿勢，那位稀客還是瞇起只有一隻的眼睛笑了。

「抱歉突然來訪。好久不見了，娜芙德小妹。很高興看見妳過得不錯。」

女子——

娜芙德・卡羅・奧拉席翁比單眼鬼晚了幾秒才露齒笑道：

「你也是啊，穆罕默達利醫生。你真的不管什麼時候看起來都一樣健康呢。」

†

「媽媽，關於新型探照燈的目錄。」

「這件事我全權交給桂涅塔處理了，你去問她吧。」

「真是的，大姊每次資料都處理得很隨便。」

探出頭說話的綠鬼族少年發著牢騷離開房間。

看著他的背影——

「……妳當媽媽了呢。」

穆罕默達利低聲說。

「是啊，有六個兒子和五個女兒。晚點再一一向你介紹。」

娜芙德喝著茶回應。

「順帶一提，我們沒有血緣關係，雖然這也是理所當然。」

「的確。他們全都是綠鬼族嗎？」

「沒錯。都是灰鏬（Glay Crack）部落的小鬼。那裡最近也發生了很多事，那些追求浪漫離開部落的年輕人直到前陣子都還是由葛力克在統一照顧。」

綠鬼族是短命種，大部分的短命種都會以部落為單位建立共同體。換句話說，隸屬於部落的孩子就是整個部落的孩子，隸屬於部落的成人就是他們所有人的父母。按照他們的說法，一一規定誰是誰的父母，是只有時間多到能耗費在單一生命上的長命種具有的獨特想法。

對他們來說，因為個人理由離開部落算是禁忌。觸犯禁忌者將失去故鄉，只能獨力生存。許多人沒有能夠依靠的對象，也不具備獨立生活的能力，然後就這麼死了。

「葛力克說他自己是多虧了其他部落流放者的照顧才能活下來，所以想對下一代做同樣的事情來報恩。」

「啊……嗯。的確，真令人懷念。」

「原來你連上一個世代的人也認識啊？人面真廣，不對，應該說很長吧？」

「唯獨累積的回憶數量，我還算有點自信。」

穆罕默達利聳肩笑道。

「總之因為這樣，這裡已經算是個小部落了。當父母的大人負責照顧還是孩子的小鬼。他們成長得很快，過不久人數也會開始改變吧。」

這對短命種來說也很常見，而綠鬼族更是早熟又多產。

「葛力克本人已經不在了，但如你所見，葛力克．葛雷克拉可還活在他們心裡。正因為每一條生命都很短暫，才會有許多事物被下一代繼承。綠鬼族真是不錯的生命，總是閃耀著光輝。」

「……原來妳是這樣看待他們啊。」

「哎呀，醫生你不這麼認為嗎？」

「這個嘛，我在妳們身上也看見了那種光輝。」

說著說著，穆罕默達利像是真的覺得耀眼般瞇起眼睛。

「啊……」

娜芙德尷尬地別過視線——

「對了，我差點忘了有件關於這方面的事情想問醫生。」

但立刻重新轉向單眼鬼。

「什麼事？」

「是關於我們的事情。黃金妖精原本很少活超過二十歲吧？結果我和菈恩已經二十四歲，緹亞忒二十歲，潘麗寶她們也差不多快十九歲了，大家最近是不是活太久了？」

「……喔。」

「我不認為這種事能一直持續下去。坦白講，我大概還剩幾個月？」

經過幾秒鐘的沉默。

「這點我也不知道。」

「醫生也不知道嗎？」

「我以前是為了不讓妳們接近莫烏爾涅，才會刻意對妳們進行扭曲的調整，相對地，也會對身體造成負擔。妳們的性命確實有因此縮短。不過這部分的影響應該沒有那麼大，就算現在的做法已經經過重新調整，也不太可能出現戲劇性的變化。簡單來講，妳們的現狀已經超出我的理解了。」

「啊……」

「菈恩托露可小妹似乎有對此建立一個假設……但遺憾的是因為沒有證據，所以她不願意告訴我。」

「這就表示菈恩覺得不急吧，看來短時間內不需要擔心了。這樣子的話，嗯，感覺還不錯。」

娜芙德用力坐到椅子上。

「懸浮大陸群和我們哪一邊會先毀滅的比賽仍在持續中呢。」

「哈哈。真是場難分勝負的比賽呢。希望可以一直不分勝負下去。」

「那你可要盯緊了，勝負大概就在一瞬之間。」

說完娜芙德望向窗外，那裡是飛空艇工房的角落。

「你們幾個別給我偷懶！所有人下個星期的命都賭在這艘飛艇上了，聽懂了沒有！」

幾名綠鬼族在挨了母親的罵後，慌張地回去工作。

穆罕默達利溫柔地——用懷念的眼光看著那道身影，像是覺得非常耀眼。

「全新天秤的兩側」
-where to go, what to be-

1．五年前的兩人

妖精這個種族的壽命原本好像頂多只能活十到十二歲。

「模仿人類種小孩」誕生的妖精，原本會像人類小孩那樣緩緩變化成大人。然後越是接近大人，與「模仿人類種小孩」的自己之間就會產生越多矛盾。當這種矛盾累積到超過極限時，妖精的身體就會消滅，變回夢的碎片。

有技術能夠延長那個壽命。藉由恣意修剪小孩子原本擁有的無限可能性，將模仿對象改成「逐漸變成大人的孩子」後，就能獲得數年的延長。原本是幼體的妖精將藉此轉變為成體妖精——改造成名叫成體妖精兵的優秀兵器。

當時的阿爾蜜塔正好十歲。

壽命即將迎來終結的她出現預兆，作了一個特別的夢。當時的護翼軍不需要成體妖精兵，並判斷如果不需要製造成體妖精兵——就不用替幼體妖精進行延命調整。

「開什麼玩笑，怎麼可以用需不需要來決定孩子的性命。」

妮戈蘭當時大發雷霆。

「雖然這世界原本就不是靠漂亮話在運作，但這個『不需要』的判斷也太急促了。應該再逼他們檢討一下。」

潘麗寶學姊也難得露出僵硬的表情這麼說。

「…………即使〈第六獸（Timere）〉已經不會再來天空，也不代表〈獸〉就此消失。還有其他方法能夠證明我們在戰場上的價值。」

經過不斷思考、煩惱、抱頭掙扎，並鬱悶地沉默了一會兒後，緹亞忒學姊如此說道。可蓉學姊點頭說「要做就要全力以赴」，菈琪旭學姊悲傷地低著頭。當時妖精倉庫就只剩下這些學姊——而她們過不久就全部離開了。

據說她們為了盡可能延長阿爾蜜塔等人的壽命，重新向護翼軍證明自己作為兵器的價值，前往了新的戰場。

相較於積極展開行動的年長組，當時阿爾蜜塔才十歲，儘管已經有一定的判斷能力，但依然還是個孩子。

她還無法好好接受自己馬上就會消失，或是睡著後就再也無法醒來的事實。

†

「呃……」

睡前喝一杯熱牛奶。

這原本是模仿緹亞忒學姊養成的習慣，如今身體已經完全適應，變成不喝就睡不好。

思考死亡——對妖精來說是件難事。

正常的生命都是從母胎中誕生，因此本能地會對失去肉體感到恐懼。但妖精是從虛無中誕生，所以在回歸虛無方面，至少可以確定她們不會害怕失去肉體。

然而成長後變得不同的案例似乎增加了。

簡單來說，就是肉體沒有改變，但精神產生了變化。在了解其他人後，開始渴求連繫；在了解世界後，開始對未來懷抱夢想。這些累積形成「果然還是不想消失」的念頭，讓身心產生乖離。成長後的妖精兵們必須各自面對這種痛苦，跨越這道門檻活下去。

（……我還不太能夠明白。）

阿爾蜜塔喝著牛奶，回想今天發生的事情。接著她打開日記，只寫了一件想到的事情就闔上。阿爾蜜塔每天晚上都會這麼做。

當然所謂的日記，應該是要把今天發生的事情寫成一篇文章。不過她覺得這樣的做法比較簡單並容易持續，之後複習時有更多想像空間也會比較開心。艾瑟雅學姊曾笑著說「沒想到還可以這樣」，但總之這就是阿爾蜜塔的做法。

昨天的日記內容是「番茄要趁新鮮吃」，前天是「天氣很好」，在更之前是「優蒂亞是笨蛋」。而今天要寫下的內容是——

「嗯……」

阿爾蜜塔思索了一會兒後，決定寫「要早點看完跟緹亞忒學姊借的書」。

寫完後，她再次體認到這果然不算日記。

至少這並不是發生在今天的紀錄。

該說是備忘錄，還是行程表呢……不對，就算是這樣的內容，未來回首今日時或許會成為重要的回憶關鍵。

等將來回顧今天的時候。

（那一天真的會到來嗎……）

此時——

「喂～阿爾蜜塔！」

「呀啊？」

同寢室的優蒂亞從背後撲了上來。壓在身上的體重讓阿爾蜜塔姿勢大亂，筆尖在日記上劃了一條無意義的直線。

「討、討厭，優蒂亞。妳走開啦。」

「嗯～？妳好像莫名慌張呢。該不會在看糟糕的書吧？」

「是日記，我只是在寫日記！」

「糟糕的日記嗎？」

「就說不是了！」

阿爾蜜塔硬將優蒂亞拉開。

「……怎麼了，這次找我有什麼事？是明天有想吃的料理？想看的書？還是惡作劇被發現，找我陪妳一起去向妮戈蘭姊姊道歉？」

「呵～呵，全都猜錯了。」

優蒂亞不知為何顯得十分得意。

她是個活潑的孩子，做什麼事情都是看心情，而且動不動就將阿爾蜜塔捲進去。

「我看了可怕的書，所以今天想跟妳一起睡！」

「…………唉，真是的。」

這應該不是什麼能夠挺胸笑著說的話。

「明知道會睡不著，為什麼還要看啊？」

「這點實在是不可思議，到底是為什麼呢～」

「不可思議的是妳的思考模式啦……」

阿爾蜜塔嘆了口氣。

「我知道了，妳先去床上吧。」

「喔！」

優蒂亞回答得和可蓉學姊一樣有精神。

然後就毫不猶豫地跳上雙層床底下的那一層。

「要緊緊握住我的手喔。」

「好好好。」

「晚上想上廁所的時候也要陪我。」

「好好好。」

「早上還要一起做體操。」

「好好好……妳今天真愛撒嬌耶。發生什麼事了嗎？」

「我看了可怕的書。」

這個剛才已經說過了。

「我害怕一個人。」

……雖然優蒂亞講的話毫無脈絡，讓人摸不著頭緒，阿爾蜜塔隱約能明白她的心情。

「真是的，拿妳沒辦法。」

阿爾蜜塔扠著腰，苦笑著嘆了口氣。

當時的阿爾蜜塔剛好十歲。

雖然學姊們都在努力，但她隱約知道成功的機率不高。她明白自己——作過預兆之夢的妖精再過不久就會回歸虛無。

明白歸明白，事後回想起來，她其實直到最後都缺乏現實感。

優蒂亞一直陪在她身邊，用各種臨時起意的想法拉著她到處跑，並持續找理由跟她**立下明天的約定**。

或許沒有未來，或許再也無法醒來。即使面對這種狀況，阿爾蜜塔還是能夠理所當然地相信明天存在。在被優蒂亞耍得團團轉的每一天當中，她根本沒有餘裕感到不安。

即使優蒂亞後來也作了預兆之夢，未來和阿爾蜜塔一樣遭到封閉，這樣的日子還是沒有改變。

明天也一起醒來吧。

明天也一起活著吧。

明天也一起睡吧。

直到其中一人消失，或是兩人都消失為止。

兩人僅僅依靠著彼此，過著迎向終結的日子。

†

——在那之後過了五年。

阿爾蜜塔十五歲，優蒂亞十四歲，兩人都趕在最後一刻接受了成體化的調整，健康地活著。

2. 單純的阿爾蜜塔

「喂！優蒂亞！站住！」

「不妙。」

妖精迅速逃跑。

妖精迅速追趕。

「我說過今天的飯菜是要用來慶祝學姊們回來，絕對不能偷吃吧！」

「哎呀，大概是味道實在太香了。阿爾蜜塔煮的飯果然好吃，姊姊們一定會很開心。嗯，當然我也吃得很開心。」

「真是可恨！過來讓我打屁股！」

「我才不要！」

乍看之下是一如往常的光景。

乍看之下是和平常一樣熱鬧又平凡的日子。

然而實際上並非如此。今天是個有點特別的日子。兩個長期離開妖精倉庫的年長妖精請了假，終於能夠回來了。

（可惜緹亞忒學姊的行程無法配合。）

因為平常很少有機會見面，至少要用懷念的味道歡迎她們——基於這樣的理由，今天是料理組成員的阿爾蜜塔稍微鼓起了幹勁，桌上擺著比平常還要豐盛一點的佳餚。

只要有想偷吃的貪吃鬼靠近，就會被她趕跑。

然而還是有幾個人成功偷吃到料理。阿爾蜜塔追著犯人，嚷嚷著要打她們的屁股，但最後還是沒抓到人。

「真是的，討厭啦！」

繼續生氣也不是辦法，阿爾蜜塔在心裡發誓之後一定要好好處罰犯人，回到廚房。

「有抓到人嗎？」

另一個料理組成員問道，阿爾蜜塔只能搖頭回應。那位料理組成員——耶露可艾克拉像是覺得不意外般聳了一下肩膀。

「有少盤子嗎？」

「放心吧。優蒂亞和妲潔卡在這方面都很會計算，她們偷吃時都有留意不會讓菜色種類減少。」

這算是值得慶幸的事情嗎？

阿爾蜜塔重新綁緊圍裙，開始替沙拉裝盤。如果統一裝在一個大盤子裡，挑食的人就不會吃，所以即使會比較費工夫，還是要分裝成小盤。

「阿爾蜜塔煮的飯很好吃，所以也難怪她們會等不及。」

「雖然這是個令人開心的評價，但我實在高興不起來……」

「呵呵。」

阿爾蜜塔的廚藝在現在的妖精倉庫中頗受好評。她原本是為了幫上學姊們的忙，以及努力代替她們守護這裡，結果不知不覺就變成這樣。

因為這並非純粹基於個人喜好而磨練出來的技術，所以她對自己的廚藝懷抱著一點自卑感。

「……啊，這下糟了。」

耶露可艾克拉說完後，特地補了一句「不是味道方面的問題」——

「葡萄汁可能會不夠。」

「夠用來煮醬汁嗎？」

「勉強夠，但沒辦法當成飲料上桌。」

因為從前妮戈蘭的教育方針是不讓孩子們喝酒，這點與孩子想要能夠帥氣喝酒的主張產生衝突。最後妖精倉庫就多了一條在吃大餐的日子想要稍微耍帥時，可以喝葡萄汁的慣例。基於這樣的背景，雖然不是一定要有葡萄汁，但沒有還是會讓人感到寂寞。

「嗯……不如我現在去買吧。」

「時間上來得及嗎？學姊她們搭的飛空艇快到了吧？」

「嗯……可以去迎接她們順便去店裡。」

「這樣啊。」

阿爾蜜塔知道她們這些成員在黃金妖精這個種族（？）的歷史當中，算是相當特殊的世代。

護翼軍五年前曾經不再對妖精進行調整，這是因為戰場上已經不需要成體妖精兵了。至於重新進行調整的理由，當然是因為戰場上再次需要妖精——不對，是因為「頒給英雄的勳章」。

什麼是英雄，英雄是指誰？雖然有許多讓人不明白的事情，但最後的結果就是多了一群：即使接受了成體妖精兵的調整，後來還是沒有成為成體妖精兵的半吊子。

理所當然地，她們的名字也不像學姊們那樣包含遺跡兵器的名稱。

阿爾蜜塔從以前到現在都是單純的阿爾蜜塔。

她沒有變成別人，或是使用其他名字的機會。

阿爾蜜塔穿著拖鞋跑在走廊上。

目的地是會客室。因為剛才突然有客人來，所以妖精倉庫的管理者妮戈蘭應該正在那裡。如果她現在有空，阿爾蜜塔想跟她報告葡萄汁的事情。

（……學姊們都成了妖精兵，拿著遺跡兵器戰鬥……）

一個小小的煩惱持續盤踞在阿爾蜜塔的腦中。

（我們是第一批被告知不用過那種生活的妖精……）

阿爾蜜塔從以前就一直隱隱懷抱著這個煩惱，到現在還沒有結論。她原本打算將這個煩惱封閉在內心深處，但一想起即將回來的可蓉學姊等人，這些念頭又重新浮現。

（……雖然不曉得該怎麼活下去，但我應該不能這樣想吧……）

舉例來說，她並不討厭料理，做的料理獲得稱讚時她當然也很開心。不過，就像學姊們的生活是在外面戰鬥一樣，如果被問到自己會不會想靠做料理過生活，她又會覺得哪裡怪怪的。

然而，即使試著思考自己還能做到什麼，她依然什麼也想不到。

阿爾蜜塔知道這是個奢侈的煩惱，所以她努力思考想要找到答案，但無論怎麼苦思，她到現在都還是沒有結論。

「……喔。」

她在走廊轉彎。

「咦？」

會客室的門開著。

門旁邊有個熟悉的小孩，以及一個陌生的少女。

那個小孩——擁有天藍色頭髮的莉艾兒出現在這裡很正常。她的好奇心十分旺盛，是個會到處亂跑亂衝的孩子。不管她出現在哪裡，都不會讓人感到驚訝。

問題是另一個人。

「…………咦，奇怪？」

用陌生來形容並不正確。

少女擁有灰色的頭髮。即使只能看見側臉，那一側的眼睛有著木炭般的顏色。

阿爾蜜塔覺得這些特徵似曾相識，但想不起來。

那應該不是最近的事情，而是遙遠到想不起來也很正常的回憶。但這不可能。畢竟眼前的這位少女不管怎麼看都和自己同世代……只有十二歲或十三歲。如果那些回憶已經久遠到褪色，那個人的外表不可能毫無改變。然而——

（……奈芙蓮……學姊……？）

阿爾蜜塔腦中浮現出一個名字。

奈芙蓮．盧可．印薩尼亞，和珂朵莉學姊年齡相近的妖精兵。她十年前曾到地面出任務和戰鬥，然後就再也沒有回來。阿爾蜜塔當時還很小，坦白講幾乎想不起來學姊的長相，所以也無法好好說明自己為何會想起這個名字。

「對不起，今天帶來了一個壞消息。」

那個灰色妖精的側臉向房間內的人如此宣告。

呆站在走廊角落的阿爾蜜塔聽見那個聲音。

「以大賢者史旺．坎德爾的代理人菈恩托露可．伊茲莉．希斯特里亞，以及地神紅湖伯的代理人奈芙蓮的名義，要求奧爾蘭多商會第四倉庫提供『鏃』。」

鏃。

†

護翼軍第二師團長「灰岩皮（Lime skin）」一等武官曾經用過這個有點艱澀的詞彙。這個詞原本的意思，是指放出的箭矢用來奪取獵物性命的前端金屬部分。而在這個場合，是指用來奪取〈獸〉性命而放出的拋棄式殺傷武器，亦即被當成兵器使用的黃金妖精。

過去地上的〈第六獸〉曾頻繁地襲擊懸浮大陸群。而每當出現這樣的預言，就會有載著黃金妖精的護翼軍船隻射出一隻箭鏃閃閃發光的箭矢。

十年前，那個一度結束過的日子。

在五年前差點恢復，但又被延後的日子。

沒錯，奈芙蓮．盧可．印薩尼亞是在宣告那樣的日子又再次來臨了。

——氣氛好沉重。

這也是理所當然。

沒想到能和以為再也見不到的人重逢，這教人怎麼能夠不高興。然而之後馬上又出現一個不得了的壞消息，這樣心情怎麼可能好得起來。

「妳要怎麼處理這個氣氛？」

黑髮青年低聲說道，同時用手揉亂坐在沙發旁邊的銀髮少女的頭髮。

「失敗了。」

少女揮開青年的手，稍微低下頭。

「對不起，我的說法有誤。」

「……唉，算了。只要慢慢恢復就好。」

「嗯。」

結束這段莫名其妙的對話後，青年抬頭望向妮戈蘭。

「抱歉。該怎麼說才好，因為她太久沒出來見人，所以有點忘了講話該有的順序。」

「嗯，關於這點，我能夠理解。」

沒錯，妮戈蘭知道原因。她聽說過眼前這兩人這五年過著什麼樣的生活，以及更之前的那五年處於什麼樣的狀態。她知道即使外表沒變，這兩人也已經變成和以前完全不同的存在。

若真要說誰有錯，那就是明明知道這些事卻還動搖的自己。

妮戈蘭做了個深呼吸。

「那麼我可以再問一次你們的來意嗎？既然特地使用令人懷念的詞彙，就表示某種程度上已經演變成**令人懷念的狀況**了吧？」

「唉，就是這樣。」

黑髮青年，威廉·克梅修稍微偏了一下頭說。

「……既然你們兩人現在出現在這裡，那果然……」

「沒錯，懸浮大陸群已經剩不到半年的時間。」

威廉乾脆地回答。

「讓奈芙蓮充當核心維持結界的工作，已經完全結束了。雖然不至於馬上就會墜落，但接下來會慢慢不再下雨，空氣變得稀薄，懸浮島之間也會開始相撞。唉，大部分的島應該都撐不到墜落的那一天吧。如果將這些也考慮進去，大概只剩下三個月的時間。」

「……嗯，這部分都如同預測呢。」

「我們當然也不會坐以待斃，所以才會提到**鏃**。」

威廉輕聲嘆了口氣。

「為了迴避剛才提到的未來，我們必須驅逐占據二號島的〈終將來臨的最後之獸〉。為此，我們必須派出幾名妖精。緹亞忒、潘麗寶和可蓉已經確定在名單上。考慮到風險，菈恩托露可和娜芙德則會待在後方指揮。然後可以的話，希望還能再多加派幾個成體妖精過去。」

「只有妖精？」

「〈最後之獸〉的結界世界是透過結界內側的人維持。無謀地增加人數發動攻擊只會強化敵人。少數精銳是大前提，據說——」

威廉轉了一下手指，應該是在指這棟妖精倉庫。

「在萊耶爾的那一戰中，只有手持遺跡兵器的黃金妖精能夠有效抵抗〈最後之獸〉的精神侵蝕。她們比其他士兵早振作起來，逆轉了戰況。」

妮戈蘭在戰鬥結束後也聽說過這件事。在大部分士兵都被迷惑並失去戰鬥能力的戰場上，只有妖精率先恢復自由，逆轉了戰況。

妮戈蘭非常清楚：曾經在戰場上有好表現的人，在下一個戰場也會備受期待。

「所以只派這裡的孩子過去嗎？」

「沒錯。只把少數妖精送進結界，這就是菈恩托露可擬定的計畫。」

「可是——」

妮戈蘭探出身子。

「這裡的孩子們現在都沒有接受戰鬥訓練，也沒有學習怎麼控制魔力。目前只有兩個孩子確定能和遺跡兵器配合，而且都還不會揮劍。」

「啊~那還真是不妙啊。」

威廉突然露出嚴肅的表情。

「聽好了，至少要讓所有人都擁有最低限度的自衛手段。不僅是〈獸〉，可愛的女孩子本來就經常會遭遇各種危險。越是常把守護這兩個字掛在嘴邊的人，在關鍵時刻就越是派不上用場。」

「現在不是進行這種高等級自虐的時候。」

「不，我的狀況是連守護這兩個字都來不及說出口——一直以來都是這樣。」

威廉認真地說著窩囊的話。

「也不用再挑戰更高的等級啦！」

妮戈蘭用力拍打桌面，發出木材裂開的聲音。

「追根究柢……為什麼你能夠說出這種話？你不是比誰都要否定妖精兵的系統，否定將這裡的孩子送去戰場的做法嗎？」

妮戈蘭激動地說道。

奈芙蓮表情不變地稍微垂下視線。

「……還有重要的事情沒說。」

威廉平靜地開口說：

「緹亞忒三人已經確定參戰，但希望還能再多加派幾名人手……菈恩托露可確實是這樣計畫，但我有不同意見。我認為不需要加派人手。」

「咦？」

「敵人是〈最後之獸〉，換句話說就是另一個獨立的世界，從外面根本無法觀測裡面有什麼。我可以理解這個盡可能多派一點有效戰力進去的方案，也不覺得這樣有錯，但我比較推薦只派老手進去的方案。」

「……你的意思是？」

「雖然我接下了這個傳話的工作，但我不打算積極地帶人過去。」

威廉的嘴角露出不懷好意的笑容。

「護翼軍要傳達的指示，就跟奈芙蓮剛才說得一樣。我們將在這裡招募鏃，但不會干涉具體人選和人數。一切都按照本人的希望，以及現場管理者的判斷。」

「呃……如果我說一個人都不給呢？」

「我就會開開心心地空著手回去。」

†

門外——

阿爾蜜塔用雙手摀住嘴巴避免發出聲音。

（這是什麼意思……？）

實在莫名其妙。無論是在房間裡商討的內容，還是進行這段對話的人們。

威廉。威廉·克梅修。儘管只剩下模糊的記憶，但阿爾蜜塔還記得在很久以前，也就是奈芙蓮學姊消失的同一時期，曾經有個男軍人在這個倉庫短暫待了一段時間。雖然不知道為什麼那段回憶帶著奶油蛋糕的甜味，但她勉強能想起這些事。

他剛才到底在說什麼？

從對話的內容可以推測出應該是在講某個戰場。緹亞忒、潘麗寶與可蓉這些學姊將在那裡戰鬥——而且還要從這個倉庫帶更多妖精兵過去。

（妖精兵……）

嚴格說來，這個倉庫已經沒有稱得上妖精兵的存在了。而如妮戈蘭所言，擁有成為妖精兵資質的人——只有兩個在成為成體妖精後順利與遺跡兵器配對的人。

一個是優蒂亞。她和阿爾蜜塔幾乎是在同一時期接受調整，是個擁有藍綠色頭髮的成體妖精。而且她在調整完後，很快就被確認適合使用遺跡兵器普羅迪托爾。

而另一個人……當然就是阿爾蜜塔自己。

按照剛才的對話內容，他們是來將妖精兵帶去戰場，但會讓本人自己決定要不要去。如果被拒絕，就會空手回去。

（…………妖精兵。）

阿爾蜜塔看著自己的手。

這是能夠握住遺跡兵器的手，同時也是能夠成為妖精兵的身體。

（能夠……變得跟緹亞忒學姊她們一樣……？）

「阿～爾～蜜～塔～」

背後突然傳來一股重量。即使不用開口問，阿爾蜜塔也很清楚那個聲音和重量，以及會做出這種事的人是誰。

「優蒂亞，妳好重。」

「哎呀，絕對是阿爾蜜塔剛才的表情比較沉重吧？怎麼了，便祕了嗎？」

「才不是。」

阿爾蜜塔將背上的優蒂亞拉開，輕輕咳了一聲。

「如果不是便祕……那是拉肚子嗎？」

「跟肚子沒有關係啦。」

阿爾蜜塔用手掌制止優蒂亞繼續說下去。

「討厭，別在吃飯前說奇怪的話啦。」

「那是怎麼了？耶露可艾克拉在抱怨妳一直沒回廚房喔。」

啊。

這麼說來確實有這件事。她本來是來詢問葡萄汁的事情，結果一看見奈芙蓮學姊的側臉就瞬間忘得一乾二淨。

不僅如此，就連正在逃亡的偷吃犯人自己主動靠近，她都忘了要抓住對方——阿爾蜜塔直到五分鐘後才想起這些事，那時候優蒂亞當然已經不見人影了。

3. 鏃的迷惘

宛如結實纍纍的稻穗般的金髮，以及纖細的四肢。

那苗條的外貌與年輕的語氣一點都不搭調，但還是能讓人覺得極為自然。艾瑟雅．麥傑．瓦爾卡里斯已經變成了這種女人。

「你你你你你，既然要回來就先說一聲啊啊啊啊！」

那樣的艾瑟雅居然大聲尖叫。

聲音大到知道她平常有多文靜的人都會大吃一驚——卻又莫名感到懷念的程度。

「為什麼偏偏要選在人家正沉浸在回憶裡，享受那種感傷氣氛的時候回來啊！你是氣氛破壞者嗎！這是在欺負人嗎！」

「呃，我怎麼可能有辦法預測妳什麼時候會回憶過去啊。」

威廉搔著臉說道。

「而且菈恩托露可應該有事先通知妳們吧？至少我們是這麼聽說的，所以才會直接過來啊。」

威廉回答時，一旁的奈芙蓮也跟著頻頻點頭。

「這表示菈恩刻意隱瞞了這件事吧。那個女人還裝傻說自己最近都在算帳，然後偷偷安排了這個惡質的驚喜。」

「惡質的驚喜……這種話不應該在本人面前說吧？」

「這位死靈(Ghost)技官，你有什麼意見嗎？」

「……被妖精用這個外號稱呼，微妙地有點受傷啊。」

「說的人自己也微妙地有點受傷，所以之後不會再說了……嗨，奈芙蓮。」

奈芙蓮回應艾瑟雅的呼喚靠近輪椅，然後就這樣被艾瑟雅用雙手抱緊抓住。

「唔。」

這是繼妮戈蘭之後，第二次被人擁抱。

奈芙蓮基本上不喜歡和別人有肢體接觸，更別說是被當成布娃娃了。不過，她有察覺到自己的身體似乎會讓別人覺得抱起來很舒服，也沒冷淡到會拒絕久別重逢的家人的親密表現。

這種複雜的心情，形成了複雜的表情。

「奈芙蓮，妳是不是變小啦？抱起來的感覺變很多呢。」

「我才沒變。是艾瑟雅巨大化了。」

「哈哈。和十年前相比，我確實長大了不少。」

艾瑟雅露出寂寞的笑容。

「菈恩托露可是怎麼跟妳說明現在的狀況？」

「嗯～還要花一段時間才能準備好，等一切就緒後會派使者過來通知，在那之前先待命——這是我大約半年前聽到的說法。再來就是偶爾會捎來一些和平的事務性聯絡。」

「例如呢？」

「搶到了許多預算，所以會送稀有的點心過來，跟大家一起分著吃吧。」

「還真是比想像中和平。」

威廉嘴角露出苦笑，抬頭看向天花板。

「確實很有她的風格呢。」

「那麼，技官。你看起來好像比五年前有精神，這次該不會是真的復活了吧？」

「不，好像是轉換了想法，做了跟復活完全相反的處置。」

威廉搔著臉回答。

「什麼意思？」

「在古代的死靈術(Necromancy)裡，好像有一種讓低級靈附身在屍體上行動的咒術。菈恩托露可從大賢者的書庫裡挖出相關資料，對我的屍體使用了。」

「……嗯嗯？」

艾瑟雅皺起眉頭。

「如果五年前的那個是『誤以為自己還活著的屍體』，現在的我就是徹頭徹尾的『會動的屍體』。那個厚臉皮的墮鬼也離開了。」

「啊……呃……嗯，簡單來講——」

艾瑟雅困惑地說。

「你現在是貨真價實的死靈，話說原來技官的靈魂是低級靈啊？」

「別提起這件事啦，我自己說出口也很難過。」

威廉感嘆地抬頭仰望。

「據菈恩托露可所說，把移動時不需要耗費太多能量的靈魂都統稱為低級靈只是為了方便，實際上靈質的水準不一定一致。」

「她現在已經徹底變成可疑的古代祕術專家了呢。」

「畢竟她有個好到糟糕的師父啊。真是的，居然每個人都成長得這麼快。」

或許是聽見了無法接受的話，奈芙蓮的表情稍微變得扭曲。

「……但如果是這樣，技官你該不會……」

艾瑟雅準備開口提問。

但威廉早她一步展開行動。

「唉，先別管我的事情了。」

他把手放在艾瑟雅腿上的奈芙蓮頭上。

奈芙蓮不悅地「唔」了一聲，輕輕搖頭甩掉他的手。

「她還是跟以前一樣。因為輪到她出場，所以才把她從懸浮大陸群結界中拉出來。」

「啊……所以她還好好地活著……是這個意思吧？」

「嗯～這部分有點難說明。」

被問到的奈芙蓮本人困擾地歪了一下頭。

「據說是很難套用生死的定義。她一半是〈獸〉，一半是星神（Visitors），兩者都是與我們常識中的生死無緣的存在——」

「——好了，到此為止。技官，你剛才是說星神嗎？」

「黑燭公是這麼說的。對吧？」

威廉確認後，奈芙蓮就點了一下頭，幫忙接著說明：

「妖精原本就是星神靈魂的碎片。被過去的記憶侵蝕時，身心都會被轉換成過去的星神。呃，有點類似返祖現象。頭髮和眼睛會變成紅色，內心會變成不認識的某人，身體也會變得不再是妖精。」

艾瑟雅板起臉，這些說明似乎讓她想起了什麼。

「但這只能套用在原本就繼承了濃厚星神因子的妖精身上。我本身並不具備變回星神的才能，好像只是在原本應該會消失的時候，因為〈最初之獸〉的干涉被固定在不上不下的狀態。」

「什麼叫好像啊。」

「紅湖是這樣說的，但我沒什麼現實感。」

威廉補充說明那也是星神的從屬神之一。

「雖然我早就知道了，但妳真的變成神話中的存在了呢……」

「諷刺的是，無論是星神還是〈獸〉的碎片，如果只看構成要素，和過去的人類種幾乎沒什麼差別。」

「這件事可不能告訴妮戈蘭啊。」

「我知道。」

此時——

「終於回到懷念的家了。」

「真是的，感覺已經好幾年沒回來了。」

——從玄關傳來熟悉的聲音。

伴隨著「歡迎回來」的聲音，幾道腳步聲朝那裡前進。

「哦～一段時間不見，大家都長大了呢！」

「才沒有變那麼多啦～」

「話說妳們這次能待多久啊？能待到放煙火的日子嗎？」

「我要聽之前那些故事的後續！快講給我聽！」

「喂，學姊們應該都很累了，先讓她們去休息啦！」

「哈哈哈，如果想聽我講故事，就先打贏我一場再說。」

當然，即使不用看也能知道是潘麗寶和可蓉到了。

「她們知道技官的事情嗎？」

「應該沒有告訴她們。如果現在被她們看見，大概會變得很不妙。」

威廉搖頭說了句「先不管這個」。

「我還有事要辦。詳情我剛才已經跟妮戈蘭說明過了，之後可以請妳幫忙把能用聖劍的孩子都集合起來嗎？」

「……啊～是為了之前那件事啊。」

「別露出那麼明顯厭惡的表情，妳又不是不明白情況。」

「是這樣沒錯。但悠閒的日子過久了，實在很難調適。」

「我明白妳的心情。總之包含這部分在內，先讓我說明吧。」

†

「……事情就是這樣。」

威廉把剛才對妮戈蘭進行的說明又重複了一遍。

「嗯。」

沒什麼在幫忙說明的奈芙蓮輕輕點頭附和一聲。

「菈恩托露可學姊的判斷也真是大膽耶。雖然我能夠理解想盡可能把戰力聚集在一起的想法。」

潘麗寶・諾可・卡黛娜四等武官舉起木劍窺伺著進攻的機會低聲說。

「敵人是未知的世界，甚至無法知道會不會有危險。不一定只有具備戰鬥能力的人才能派上用場，所以我贊成喔。」

另一個人將右手稍微往前伸，擺出抓技的架勢；左手則像弓一樣彎曲，擺出突刺的架勢。將重心放得和準備狩獵的肉食動物一樣低後，可蓉・琳・布爾加特里歐四等武官開朗地說。

「我說妳們兩個。久違地能夠撒嬌是很好啦，但別掀起太多灰塵喔。」

妮戈蘭露出複雜的表情靜靜提醒兩人。

「哈哈，我們又不是小孩子，會有分寸啦。」

「嗯，只要找到破綻，一瞬間就會把他解決掉。」

「問題在於一直找不到破綻。不愧是威廉，我們的實力應該已經增長了不少，但還是不覺得能追上你。」

「不，妳們啊……算了。」

從威廉的角度來看，其實他並沒有那麼游刃有餘。

潘麗寶和可蓉各自在自己擅長的領域都已經算是高手。她們原本就是有天賦的孩子，並在持續鑽研那項天賦的情況下成為大人。與潘麗寶對自身的評價相反，她的技術早已抵達了威廉的層級。

只是威廉過去早已習慣和高手——而且是比自己強悍的人戰鬥。他很清楚高手會如何觀察對手的視線、呼吸和肌肉的緊張程度等細微資訊，知道要怎麼展現或隱藏，同時也能利用這些操縱對手的行動。可以說正因為兩人已經達到這樣的境界，反而比只會隨意揮舞刀劍和拳腳的孩子好操控。相對地這也比較耗費集中力，所以威廉還是一樣沒什麼餘裕。

「這麼一來，話題的焦點就在於本人的自由意志了。」

艾瑟雅的視線轉向房間裡的另外兩人。

「因為需要心理準備，所以不會要妳們馬上決定。給妳們一天的時間考慮，先做出自己能夠接受的判斷再決定吧。」

「為什麼是由妳決定啊……」

「但技官原本也打算這麼說吧？」

「……是這樣沒錯……」

威廉垂下肩膀。潘麗寶的劍尖和可蓉的拳頭在那個瞬間稍微動了一下，但還是沒找到能夠進攻的破綻，所以無法發動攻擊。

「考慮到作戰開始前的餘裕，一天確實差不多。妳們就好好思考，輕鬆決定吧。」

「……我說技官，什麼叫輕鬆決定啊？」

「在參考資訊太少時給自己太多壓力也沒用。如果太過認真，之後發現事與願違時只會更加責備自己。」

「呃……是這樣沒錯啦……」

妮戈蘭看著兩人的對話輕笑起來。

「好久沒看見艾瑟雅被人像這樣耍得團團轉了呢。」

「真是的，拜託饒了我吧……」

†

走出房間後──

「……怎麼辦？」

阿爾蜜塔的第一句話就是這個。

「該怎麼辦呢～」

優蒂亞也開始考慮。

與〈最後之獸〉的戰鬥和過去的〈第六獸〉截然不同，不太可能會演變成以力相搏的局面。

〈最後之獸〉會做出精緻的世界結界，並操縱那個世界的登場人物。五年前在三十九號懸浮島與〈最後之獸〉交戰時，妖精兵的學姊們實際上戰鬥的對象就是那些白色的人型物體……坦白講，那些不是用來侵略，而是用來模仿的人型物體不怎麼強。別說是使用遺跡兵器了，就算不催發魔力，也能直接一腳踢壞（這是來自可蓉學姊的證言）。

這次實際要戰鬥的對象應該也一樣，不過目前實在無法預測到時候的狀況會如何。

所以菈恩托露可學姊主張應該增加人手。

威廉主張應該派最少的人數過去。

兩邊都有道理，也都能理解對方的考量。加上目前的不確定因素太多，即使討論也不太可能有結論。

——話雖如此，交給現場人員自己判斷還是不太妥當。

「沒想到我們也會有這一天……嗯，人真的要活久一點呢。」

「妳的年紀還沒大到能感慨地說這種話吧……」

「但是以前的姊姊們大概只有一半的人能活到我們這個年紀吧？」

「嗯……的確……」

十五歲。珂朵莉學姊差不多就是在這個年紀前往參加最後的戰鬥，緹亞忒學姊（好像）也是在這個年紀當上科里拿第爾契市的英雄。

如果以主要對手是〈深潛的第六獸(Timere)〉時代的黃金妖精為標準，這已經是無法對未來懷抱希望的年齡。即使能透過調整延長種族的壽命，也可能正常戰死、因為自身魔力失控而消滅，或是因為戰鬥的消耗和魔力中毒導致身心俱疲陷入昏睡——然後就這樣消失，這些都是過去的她們常見的死因。

對已經與這些結果無緣的她們來說，無論十五歲時還有沒有未來，她們都沒什麼現實感，一切都處於曖昧不清的狀態。

「想要多一點能使用遺跡兵器的妖精兵啊……嗯……」

「遺跡兵器是指那把大劍吧？優蒂亞，妳有信心能夠使用嗎？」

「嗯，完全沒有。那需要能夠纖細地控制魔力吧？光是這點就不適合我了。」

「嗯……」

優蒂亞小時候常把報紙捲起來亂揮，所以阿爾蜜塔本來以為她會想揮那把帥氣的劍。

「帶著還不太會用的劍前往沒人知道會發生什麼事的戰場啊……」

感覺真是不安。雖然這樣想可能有點不應該，但這件事同時也非常有魅力……就在阿爾蜜塔準備這麼說時——

「我想去！」

斜下方傳來其他非常有精神的聲音。

「我想去沒有人知道的地方！我想去看！」

天藍色頭髮的莉艾兒不知何時跑來這裡，開心地蹦蹦跳跳。

「這對莉艾兒來說還太早了吧。」

優蒂亞笑著拍拍女孩的頭說。

「咦～」

「等妳變成大人，能夠把牛肉腰子餡餅全部吃完再說吧。」

莉艾兒不悅地鼓起臉頰喊著「太狡猾了」。雖然有些小孩比較不挑食，但大部分的小孩都不喜歡吃有苦味的食物。

「……變成大人之後啊……」

阿爾蜜塔想著，說這種話的優蒂亞和自己真的算大人嗎？

她吃得完牛肉腰子餡餅，但並不喜歡。只是做過成體化調整，就能夠自稱是大人嗎？

「欸，阿爾蜜塔。妳打算怎麼辦？」

優蒂亞玩弄莉艾兒的臉頰，抬起頭看向這裡。

「咦？」

這個問題讓阿爾蜜塔困惑了一下。

「我沒辦法做到像妳這樣。」

「咦，我、我怎麼了嗎？」

「阿爾蜜塔很厲害，總是為了大家努力。」

這個人怎麼突然說這種話？

「我只負責吃，也不擅長打掃和洗衣服。我不擅長為了別人付出，但阿爾蜜塔絕對能順利做到。」

優蒂亞將莉艾兒抬高到頭頂轉著圈說。

「就說莉艾兒要看家了。」

「我！也想去！啦！」

「討厭～太蠻橫了～！」

「嘻嘻，不甘心的話就快點長大啊～」

「嗚～！我要長大！」

莉艾兒開始全身用力。

阿爾蜜塔覺得就算是妖精，也沒辦法靠意志力讓手腳伸長。不對，莉艾兒的成長速度明顯比其他同世代的孩子快，或許真的有可能辦到……果然還是不可能。

「我……」

阿爾蜜塔再次猶豫該如何回答。

阿爾蜜塔隱約還記得珂朵莉・諾塔・瑟尼歐里斯這個妖精。

她大約十年前曾待過這個妖精倉庫。

天藍色的頭髮，瀟灑的身影。她是一個總是擺出凝重的表情，認真又嚴厲的姊姊，同時也是一個完美的成體妖精兵——至少看在當時還年幼的阿爾蜜塔眼裡是如此。

阿爾蜜塔對緹亞忒・席巴・伊格納雷歐這個妖精十分熟悉。

她五年前還住在妖精倉庫。

青草色的頭髮，英氣煥發的身影。總是抬頭挺胸並凝視著遠方的她，是一個有精神又可靠、非常重要的姊姊，同時也是一個出色的成體妖精兵。對過去的阿爾蜜塔來說，她是一個令人憧憬不已並且想要效法的目標。

阿爾蜜塔有段時期曾經想變成那樣。

但她後來明白自己辦不到，而且也死心了。

事到如今……才又叫她變成那樣。

還告訴她可以前往相同的地方，經歷相同的戰鬥，用相同的方式挺身面對。

（我……）

但她已經連如何追逐那些憧憬的背影都想不起來了。

4．平穩時代的妖精們

今天天氣很好。

藍天晴空萬里。

許多地方都飄浮著輪廓明顯的小白雲，彷彿只要伸出手就能抓進嘴裡嘗到霜淇淋的甜味，就是那樣的天空。

換句話說，是適合洗衣服的日子。

是個將累積的衣服一次洗完的好機會。

妖精們經常蹦蹦跳跳地大鬧和跌倒，所以經常弄髒衣服。對目前大約有二十人居住的妖精倉庫來說，髒衣服必須儘快洗乾淨可說是鐵則。

「…………」

於是阿爾蜜塔搬著大大的籃子前往頂樓。

她在腦中大喊：「不對，現在應該不是做這種事情的時候吧？」

另一個自己在腦中反駁：「不管有沒有煩惱，天氣好的時候就該洗衣服吧！」

如果等那兩個自己分出勝負，好不容易出現的太陽就要下山了，因此這段期間她的身體自動完成了任務。也就是說，她心無旁鶩地洗衣服和晾乾。

「話說，我想問個奇怪的問題。」

作業告一段落後，阿爾蜜塔向在一旁攤開毛巾的瑪夏搭話。

「什麼事？」

「五年前，瑪夏也有作預兆之夢並差點消失吧？但妳和我與優蒂亞不同，是接受新的調整，所以沒有進行遺跡兵器的配對測試。」

「嗯，是啊。」

「假如有人找到了一把妳能用的劍，並希望妳能和學姊們一起戰鬥，妳會怎麼做？」

「真的是個奇怪的問題呢。」

瑪夏思考了一會兒後——

「會先去試試看吧。」

「先去試試看？」

阿爾蜜塔像隻鸚鵡般重複瑪夏的話。

「嗯。因為我不太懂戰鬥是怎麼回事，如果不先去試試看，就沒辦法知道自己是否幫得上忙。」

瑪夏又補了一句：「我說得沒錯吧？」

即使被人拜託了，阿爾蜜塔也無法坦率答應。不如說如果她辦得到，那從一開始就不會煩惱和找人商量了。

「但可能會幫不上忙吧？」

「到時候再道歉之類的？」

說得真是簡單。

「但我覺得應該沒問題。既然會被人拜託，就表示自己有什麼地方值得對方期待吧？剩下的問題就是自己能否相信那一點了。」

這麼一說……嗯……或許就是這樣沒錯。

阿爾蜜塔只知道這次招募的對象，是能用遺跡兵器的黃金妖精。要說她能否因此相信自己「受到期待」……嗯，感覺有點困難。

「嗯……」
「既然會這樣問我，就表示學姊們有找妳吧？」
「咦，不對，這是因為……」
「哈哈哈，不用告訴我沒關係啦。」
一陣風將剛晾好的床單吹得啪啪作響。
「阿爾蜜塔真是認真。」
瑪夏笑著說。
從某處傳來了吆喝聲。
瑪夏停止動作，隔著頂樓邊緣的柵欄往下看。
「是小不點她們嗎？」
「嗯，潘麗寶學姊正一個人陪三個人玩。」
說著說著，瑪夏稍微從柵欄上探出身子。
「瑪夏，靠太外面會很危險。」
「咦？……啊，抱歉。」
瑪夏笑著離開柵欄。

「妳還會怕頂樓啊？」

「我是很想克服，但不太順利。」

阿爾蜜塔從小就不擅長高處，只要一靠近可能會掉下去的地方，就會變得坐立不安。原因是一起小時候的意外。儘管關於那場意外的記憶已經在這十年裡變得模糊，但留下來的討厭印象至今仍未消散。

雖然她不至於無法展開幻翼飛翔，但還是不太擅長。因為日常生活用不太到幻翼，所以至今都沒造成困擾……不過在戰場上應該就不一樣了。

到時候一定得全速飛行，而且還必須在飛行的同時閃躲敵人的攻擊，或是自己主動揮劍才行。

儘管只要滿足特定條件就能克服，但終究有條件。

（我果然不覺得自己派得上用場。）

阿爾蜜塔用手撫平襯衫的皺紋，在內心嘟噥。

她很害怕自己幫不上忙。對缺乏自信的阿爾蜜塔來說，回應別人的期待就像是她的命脈。就像因為有人說她煮的飯好吃，所以她才能繼續活著。因此她很怕遠離妖精倉庫的廚房和妖精們的胃袋。

（緹亞忒學姊她們……）

阿爾蜜塔所知的學姊們都懷抱著不同類型的自信。她們非常可靠，不管去哪裡都能堅持自我。就連乍看之下有點懦弱的菈琪旭學姊，內心其實也相當堅強。

在十歲時就被要求當個妖精兵，並在回應這份期待的狀況下成長，最後的結果就是她們現在的英姿。而這應該也同時是阿爾蜜塔與她們之間的致命性差別。

（如果是這樣……就算我想變得跟她們一樣，也絕對辦不到……）

阿爾蜜塔深深嘆了口氣，將晾內衣的繩子掛在高處。

此時，她在視野的角落看見了奇妙的景象。

†

微風輕撫樹枝，在地面的影子上掀起一陣漣漪般的光輝。

某處傳來平穩的呼吸聲。

奈芙蓮·盧可·印薩尼亞正在睡覺。

「……………這是怎樣。」

那姿勢怎麼看都不適合睡覺。奈芙蓮靠在妖精倉庫的牆壁上，直接將臉貼在上面。該不會是在偷聽牆壁對面的對話時，就這樣睡著了吧？不對，感覺這個莫名其妙的解釋根本就無法說明什麼。

阿爾蜜塔開始煩惱該怎麼辦。

太陽已經開始下山，在這裡睡覺或許會感冒。是不是該拿毛毯過來？不對，因為地面很冷，所以這樣無法完全解決問題，而且也會讓要洗的東西變多。因此她決定搖醒對方。

「學姊，奈芙蓮學姊。」

「嗯……」

奈芙蓮意識模糊地睜開一隻眼睛，用木炭色的散漫眼神看向這裡。

「……艾陸可？」

奈芙蓮小巧的嘴唇吐出一個陌生的名字。

「什麼？」

「嗯……」奈芙蓮輕輕眨了幾下眼後說：「……阿爾蜜塔。」

這次似乎正常地看向這裡了。

奈芙蓮原本就是個讓人有點搞不懂在想什麼的人。兩人很久沒見，奈芙蓮這段期間又幾乎都在睡覺，外加之前她身上好像發生了不少事（長相一直沒變似乎有很深的理由）。

在這些因素的影響下，現在已經不只是讓人搞不懂在想什麼了——阿爾蜜塔甚至**無法掌握**奈芙蓮．盧可．印薩尼亞這個人究竟是什麼樣的存在。

（她跟艾瑟雅學姊是同世代吧……）

「妳在這裡做什麼？」

「嗯……摸一摸，聞一聞。」

這個回答更加令人摸不著頭緒。

「太久沒用自己的感覺接觸世界，所以很舒服。」

而且還附帶了一個從來沒聽過的新奇說明。

「太舒服就睡著了。」

「這樣……啊……」

現在只能接受這個人的說明就是這樣了。

奈芙蓮伸出手撫摸阿爾蜜塔的臉頰，然後順勢把她的臉拉向自己，近距離嗅了一下。

「學、學姊？」

「阿爾蜜塔也巨大化了。」

「才沒那麼誇張……」

阿爾蜜塔小聲抗議，但無法抵抗，只能任憑奈芙蓮嬌小的手在自己臉上亂摸。

「妳在煩惱？」

奈芙蓮唐突地詢問。

「妳在迷惘要不要去二號島？」

「呃……是的。」

感覺迷惘的內容有點不太對。

可是如果只問阿爾蜜塔是否在迷惘，那答案明顯是肯定的。她的迷惘表面上看起來是這樣，本質上也確實只是如此。所以奈芙蓮的這個問題已經足以讓她點頭。

「**會害怕**？」

「……嗯，這部分也有。」

並不是因為愛惜自己的性命，也不完全是因為害怕自己什麼都做不到。問題在於什麼都辦不到，也無法成為任何人的自己——她害怕自己被迫認清這點的未來。

「我沒有自信能做到像珂朵莉學姊或緹亞忒學姊那樣。」

「嗯？那可蓉和潘麗寶呢？」

「那當然更不可能了。」

「嗯……」

奈芙蓮將頭轉向旁邊。

雙手也放開阿爾蜜塔的臉頰。

「妳應該知道威廉沒打算帶妳們走吧？」

「嗯……知道。」

「他說過戰力方面只要有緹亞忒她們在就夠了，我也持相同意見。她們非常強，以目前預測的敵人戰力來看明顯綽綽有餘。萬一出現連她們三人也贏不了的敵人，那就算投入懸浮大陸群的所有戰力也贏不了。」

奈芙蓮瞬間瞄了某處一眼。

「這並不是阿爾蜜塔的實力夠不夠的問題，而是不管多了誰在那裡，都不會有太大的影響。」

「說得……也是呢。」

要承認這點，會讓人感到有點心痛。

「這是威廉的想法。但我希望阿爾蜜塔也能一起去。」

「……咦？」

阿爾蜜塔察覺自己不知不覺間已經低下頭，眼前只剩下長草的黑土。她連忙抬頭看向奈芙蓮的臉。

不管是以前還是現在，都無法直接從那張缺乏表情的臉讀出真意。

「我們也不知道二號島現在是什麼狀況，但我想一定會遇到比起緹亞忒她們，更適合交給阿爾蜜塔的狀況。」

「那是什麼意思……」

「我不知道，但大概是經驗吧？」

被這麼一說，反而更讓人搞不懂了。阿爾蜜塔呆呆地等待奈芙蓮的下一句話。

「威廉一直想靠堅強拯救其他人。」

最後奈芙蓮終於繼續說下去。

「他想代替別人受傷、上戰場和打倒敵人。他相信、依靠，並為了這個想法活到現在。他認為只要自己變強就能拯救別人，並靠這個信念打破各種常識。但威廉太過專注在戰鬥上，變得看不見其他東西……他還無法好好認同戰鬥以外的做法。」

奈芙蓮輕輕搖頭。

「這是其中一種做法，並沒有哪裡不對，但也不是只有這一個正確答案。如果只有威廉的想法正確──」

奈芙蓮的聲音突然變小。

「學姊？」

「嗯，沒事。」

奈芙蓮說完後起身，直接踩著夢遊般的腳步離開。阿爾蜜塔茫然地望著她的背影，回想剛才聽到的話。

（『如果只有威廉的想法正確──』）

奈芙蓮說這句話時，聲音突然變小。

阿爾蜜塔勉強聽見後面的話。

但也因為這樣，她對自己聽見的話沒什麼自信。

（『──珂朵莉就太可憐了』……？）

為什麼要提起珂朵莉學姊的名字？阿爾蜜塔困惑地想著，但奈芙蓮的背影已經消失無蹤，無法確認原因。

5. 優蒂亞

妖精倉庫位於六十八號懸浮島的森林內。

這座森林的外側有片平緩的斜坡，上面建了一座小巧的城鎮。那裡人口不多，大部分的經濟居民都是犬型獸人。因為就在港灣區的旁邊，生活所需的商店可說是一應俱全。其中有一間輕食店——這一帶沒有其他餐飲店，所以同時也兼咖啡廳和居酒屋，但招牌還是寫著輕食店。

儘管店裡有塊記載菜單的板子，但也能拜託店長做菜單上沒有的東西。優蒂亞最近很喜歡這裡的甜甜鮮奶油搭配冰水果的套餐。

「老樣子。」

她試著用常客的方式簡潔地點餐，店員也像是在應對常客般回答：「好的，明白了。」真是能幹。

優蒂亞的零用錢不多，如果吃太飽影響晚餐也會被罵，但她果然還是想大口吃甜食。

在仔細考慮過這些要素後，她做出這裡的餐點是最佳選擇的結論。

然後——

「那麼，開始舉辦臨時會議。」碧托菈表情嚴肅地說。

「嗯、嗯。」依爾絲托德不斷點頭。

「哎，不能再這樣下去了。」耶露可艾克拉搔著臉頰說。

「隨便怎樣都好啦……」妲潔卡缺乏幹勁地將下巴靠在桌上。

「喔，真的要開會啊。」優蒂亞如此低喃。

這次的議題當然是**他們**。

十年前曾待過倉庫的兩人。如果只是這樣倒還好，但在妖精倉庫目前的成員當中有許多十幾歲的人。即使回憶已經變得模糊，但她們還是各自想起過去的事情。

然而外表看起來和十年前完全一樣的衝擊還是很大，再加上他們身上充滿謎團，給人一種難以靠近的感覺。不僅如此，他們身上還散發出一種隱藏了什麼祕密的氛圍。

「話說回來，威廉和奈芙蓮學姊以前就是那樣嗎？」

「確實感覺和回憶裡有點不太一樣。我記得以前仰望他們時，看起來更高。」

「那是因為艾克拉長高了吧？說不定再過不久就會超過妮戈蘭喔。」

「我、我才沒有成長那麼多，還在普通範圍內啦。」
「那個人以前是珂朵莉學姊的戀人吧？為什麼現在會和奈芙蓮學姊在一起？」
「就算是情侶，也不一定會一直都在一起吧？」
「咦……不會嗎？」
「我也不知道。正常來想，一直只有兩個人也太不方便了吧？何況珂朵莉學姊已經不在了。」
「緹亞忒學姊說過命中注定的兩人無論何時都會在一起。」
「那個學姊有點被映像晶石的戀愛故事影響太深了……」
如果本人聽見這些話，一定會受到很大的打擊。優蒂亞在心裡向不在這裡的偉大學姊道歉。
「問題是在這裡嗎？我以前都把他和珂朵莉學姊併在一起看，所以不太了解那個大哥哥現在的狀況。」
「回憶真是派不上用場……」
「啊～不然讓他交一個新的戀人，這樣就會比較好懂了吧？派艾克拉去像這樣扭動身體誘惑他。」

「好主意！」

「哪裡好了！」

耶露可艾克拉用力拍桌，發出了巨響。店裡瞬間變安靜，所有人都看向這裡，妖精們不斷低頭道歉。

「現在不是害羞的時候。大家以前都曾經騎在他身上過吧？」

這裡的騎是真的跨坐在他身上的意思。

當時先是奈芙蓮學姊騎在威廉的背上，然後可蓉學姊和潘麗寶學姊也跟著爬上去，再更上面是迦娜、阿爾蜜塔、吉妮葉特、瑪夏和茉蕾特……總之有很多人。過去曾經發生過這樣的事情。當時她們的身體還很小，哪裡都能騎上去，什麼都想摸摸看。

「好主意。只要大家這次也一起騎上去，就能一口氣變親密，填補這十年的空白也說不定。」

「哪裡好了？」

耶露可艾克拉用力拍桌，發出了巨響。店裡瞬間變安靜，所有人都看向這裡，妖精們不斷低頭道歉。

「…………」

艾克拉冷靜一點，又不是桌子的錯——當大家都在笑的時候，優蒂亞用一部分的思緒稍微煩惱了一下。

這些同伴還不知道「鏃」的事情。

不知道威廉和奈芙蓮學姊為什麼會一起來到這裡，以及兩人想拜託阿爾蜜塔和自己的事情。

如果坦誠相告，她們會願意陪自己商量嗎？

而自己會坦率地聽從她們的建議嗎？

……優蒂亞茫然地想著這些事，配合周遭露出曖昧的笑容。就在這段期間，她在連思考都稱不上的模糊思緒的角落抓到了像是結論的碎片。

如果不想獨自活著，那什麼事情都需要商量。

然後——有個道理大致能夠套用在這世界的所有事情上——那就是凡事都講求順序。

而自己的狀況——沒錯，就是該去見他。

†

威廉打了個噴嚏。

「真是讓人煩躁啊。」

然後嘟噥說道。

至於他所說的，當然是指妖精們微妙地和他保持距離這件事。雖然這跟他十年前第一次來這裡時的狀況很像，但又有點不太一樣。她們並不怕他，而他也已經不是管理者了。

「哎呀，不然要再做一次點心嗎？」

妮戈蘭隨口提議。

「她們沒單純到可以每次都用同一招解決吧？」

「這就難說了。不管哪個時代，女孩子的胃都是神祕之泉喔。」

「雖然聽不太懂，但由妳來說莫名地有說服力。」

妮戈蘭不悅地鼓起臉頰。

「說到這個，感覺這裡的妖精平均年齡變高了哪？印象中之前還有很多小不點在腳邊跑來跑去。」

大致上來看，主要都是十到十五歲的孩子。在威廉的記憶裡，這裡十年前很少有那個年齡層的妖精。

「呃……嗯，確實如此。」

妮戈蘭露出有些猶豫的表情。

「因為大家都很健康。她們不用參加戰鬥或訓練，也沒有碰觸遺跡兵器，只要好好接受調整，就不容易死亡。穆罕默達利學長沒告訴你嗎？她們現在接受的調整已經刪除了要和遺跡兵器配對的要素，所以對壽命造成的負擔也比以前的做法少。」

威廉坦率露出驚訝的表情。

他是第一次聽說這些消息，也沒想過能做到這種事。姑且不論技術層面的問題，光是能逼軍方答應這個對增強戰力沒有幫助的條件就夠不容易了。真的是值得驚嘆。

「話雖如此，昨天那兩人能夠使用遺跡兵器呢。」

「只有那兩人接受了舊式調整。尤其是阿爾蜜塔調整得特別仔細……五年前，她當時的症狀已經嚴重到等不及新的調整法確立。」

喔，原來如此。威廉點頭表示理解。

此時房間的門突然被打開。

藍綠色的頭髮探了進來，然後像是想起什麼般喊了聲：「糟糕，不能這樣。」過不久，某人敲了一下已經打開的門。

「喂，順序錯了吧？」

妮戈蘭以有點可怕的聲音斥責，藍綠色頭髮的少女——優蒂亞若無其事地笑著道歉。

「嗨，二等技官先生。你還記得我嗎？」

她用有點認真的聲音詢問。

「當然記得。馬鈴薯優蒂亞，找我有什麼事嗎？」

「……那是什麼。」

「什麼嘛，妳自己不記得啦？妳曾經和碧托菈比賽削皮吧？」

「呃……雖然想不起來，但感覺不是什麼好事。不如說感覺不記得比較好。」

優蒂亞皺起眉頭。

「唉，算了。既然你還記得，就陪我聊一下吧。」

†

優蒂亞不太記得這個男人的事情。

她的記憶力原本就不好，平常生活就會忘記許多事情，讓阿爾蜜塔感到傻眼。這樣的她當然不可能詳細想起十年前的事情。

珂朵莉學姊的戀愛對象。這點她也不太明白。關於珂朵莉學姊的記憶也很模糊，戀愛什麼的她更是完全不懂。

緹亞忒學姊曾用複雜的表情說：「雖然他……算是大家的父親。」不過直接從虛無中誕生的黃金妖精無法理解父親的概念，所以她也不太懂這個比喻。

充滿謎團的可疑人物。坦白講，這就是優蒂亞現在對威廉的印象。

「既然你記得我，那應該也記得阿爾蜜塔吧？」

「是啊。」

「那你應該也預測到了吧？以阿爾蜜塔的性格，聽了那些事後一定會超級煩惱。」

「這我就不確定了。孩子的成長總是會超出要小聰明的大人的預測。至少大人總是如此期待。」

「……你是要孩子乖乖回應那份期待嗎？」

「沒有喔。包含這部分在內，妳們只要隨心所欲就行了。就我個人的意見來說，我不太喜歡有人因為別人託付的責任犧牲。」

「那是什麼意思？」

「就是『因為這件事只有那個人做得到，所以那個人就該去做』之類的想法……就算本人在煩惱過後選擇接受也一樣。如果一開始就沒有無法接受的選項，那就沒意義了。我說得對吧？」

「呃，就算你這麼問，我也聽不懂。」

「是嗎？的確，說得也是。」

威廉沮喪地垂下肩膀，看不出來他是真的很遺憾，還是刻意裝模作樣。

優蒂亞側眼看著他，同時停下腳步。

眼前是這個妖精倉庫被管理得最嚴格的一扇門。優蒂亞拿出從妮戈蘭那裡借來的鑰匙將五道鎖一一解開，然後將手放在沉重的門把上，用力靠體重推開門。

伴隨著從下腹部傳來的低沉聲響，門應聲開啟。

從黑暗中伸出的燈火照亮房間。這個像靈廟一樣的房間裡有幾十把劍——全都是遺跡兵器。

「所以，哪些是妳們的劍？」

「嗯？」

「妳是為了讓我看劍，才把我帶來這裡吧？順便調整一下也比較好。」

「呃……是這樣沒錯，但我也很久沒碰了，有點認不太出來……」

優蒂亞指向其中一把劍。

「首先是這把。」

「這是妳的劍嗎？」

「不，是阿爾蜜塔的。」

威廉看著那把劍沉默了一會兒，然後嘟噥了一聲「原來如此」。

「嗯？有什麼問題嗎？」

「不，這把劍本身沒什麼問題。不如說作為戰力無可挑剔。」

儘管不太能接受這個說明，但就算繼續追問也沒用。優蒂亞重新看向那把劍。巨大的尺寸和堅硬的構造，不過幾乎所有遺跡兵器都是這樣。

她看向名牌，上面寫著「帕捷姆」。

「很強嗎？」

「嗯，即使只看基礎能力，也算得上是高位了。」

威廉的語氣微妙地含糊。她對這個表情有印象。艾瑟雅學姊在聽說阿爾蜜塔適合用這把劍時，也曾露出相同的表情。

兩人大概都知道什麼不好的事情，並因此感到痛苦，然後因為不想讓下個世代也背負這份痛苦，於是選擇沉默。

大人真是辛苦。

「是把好用的劍，基本上是把坦率的劍。適合本性認真的人用。」

（基本上啊。）

雖然這個說法令人在意，但優蒂亞決定先不追問。

「那妳的劍呢？」

「啊，等我一下，我記得是在這附近……」

徬徨的視線捕捉到目標。優蒂亞喊著「找到了」，然後指向某處。

「……啊？」

威廉茫然地張著嘴巴。

那裡有一把遺跡兵器，但外表明顯與周圍的其他武器不同。

由無數金屬片組合而成的大劍，這點大致上一樣。問題在於只有這部分一樣。周圍的劍不論顏色或外形都曾調整過，外表看起來就像是風格獨特的美術品；但只有優蒂亞指的那把劍不同。

那把劍摻雜著黑色、褐色、綠色和紅色，金屬片的材質和形狀都不統一。就算說這把劍是完成品，也會讓人一時無法接受——畢竟看起來就像是破爛的集合體。

「好像是叫做普羅迪托爾。雖然外表看起來不怎麼樣，但依然是出色的遺跡兵器。因為是七年前挖出來的新成員，所以已經離開這裡十年的你是第一次看見吧。」

「這不是我……第一次看見。唉，該說是好久不見吧。」

「什麼啊，你連這個也知道啊？真的很博學多聞耶。」

「沒到那個程度。只是這傢伙有點特別。」

說是這樣說，威廉的表情看起來不像感到懷念，不如說是突然與有孽緣的對象重逢般厭煩。

「什麼啊，難道是棘手的魔劍嗎？會嗜血和失控的那種。」

「不，這不是那種劍。等級也沒高到有那種誇張的異稟。」

「那就是和外表看起來一樣，快要壞掉了嗎？只要在實戰中揮一下就會爆炸！」

「這把劍非常堅固，就算拿來用力砍成體的銹龍(Rust Dragons)也不會折斷。唉，雖然也砍不下去就是了。」

「……所以到底是什麼樣的劍？」

「沒用的劍，只能這樣形容。」

威廉搔著頭，不悅地說道。

「在人類滅亡前，有個沒用的準勇者。那傢伙既沒有資質，又不受到高位聖劍的認同，所以他只能無奈地帶著量產型的泛用劍四處征戰。」

「哦？」

「不過勇者(Brave)某方面也算是需要人捧場的職業，所以他被教會逼著去找一把有名字的劍。無奈地尋找過後，他獲得了兩把專用劍，其中一把已經折斷壞掉了，另一把就是這個。所以理所當然地，這把劍等級很低，沒什麼用處，使用者對它也沒什麼好回憶。」

「哦～」

優蒂亞將視線從威廉的臉移到話題中的普羅迪托爾上。

「原來如此。這種劍真不錯呢。」

「……雖然我不太想對適用者說難聽的話，但這把劍哪裡不錯了？」

「我沒有特別想當什麼勇者，太高尚的劍也不適合我。我沒有什麼想透過揮劍實現的夢想，所以只要能用就夠了。如果搭檔太厲害，我反而會太緊張。」

「喔……原來如此啊。」

雖然嘴巴上這麼講，但威廉的表情看起來不怎麼滿意這個答案。

「但我真不明白。到頭來，妳究竟是想跟我們走，還是不想跟我們走？」

「嗯？我還沒決定喔。」

「早點考慮吧，我們可沒辦法等太久。」

「放心吧。她看起來有好好煩惱，所以應該快做出決定了。」

威廉露出不明所以的表情。

「我剛才也說過，我沒有打算成為了不起的人物，也沒有想當的人或想做的事。但是，我有個想待的地方。」

優蒂亞舉起普羅迪托爾。

其重量當然不輕。

配合男性手腕打造的劍柄對少女來說太粗，彷彿只要稍微一揮就會脫手而出。

儘管感覺只要催發魔力提升肌肉的力量應該就能使用，但優蒂亞原本就不擅長操控魔力，不如說平常生活中幾乎不會用到，所以她也不太清楚。

身為妖精的自己應該確實是遺跡兵器普羅迪托爾的適用者，但拿在手裡總覺得很不搭調。不過這樣就好。就是這樣才好。優蒂亞無法成為漂亮的完美士兵，所以她和這把劍一定能成為不協調又不完整的好搭檔。

「會覺得我太沒志氣嗎？」

「不會。」

威廉靜靜搖頭。

「我不打算責備妳。不如說在各方面都覺得很羨慕。」

他又開始說些若有深意的話。優蒂亞這次當然也沒追究。

「喂，再多告訴我一些關於這把劍的事情。像是使用的訣竅之類的。如果有異稟的話，我也想知道。」

威廉維持複雜的表情將臉轉過來。

「畢竟是可能要託付性命的夥伴，當然要多了解一點才行。當然也可能不會啦。」

「……唉，是可以啦。」

威廉無奈地垂下肩膀。

他的臉上似乎隱約帶著一絲微笑，這應該不是錯覺。

6．今晚的兩人

天色逐漸邁入黃昏。

地上的影子開始一齊動了起來。就連不會動的樹木、石頭和建築物的影子，都趁機明目張膽地背叛主人，舒服地伸懶腰。

（已經傍晚啦。）

阿爾蜜塔看著自己逐漸伸長的影子，感慨地想著。即使自己止步不前，影子依然會晃動，時間依然會流逝。換句話說，能夠考慮的時間已經所剩不多。

她獨自坐在三人座長椅的中間什麼也沒做，就只是看著地面。雖然是段能讓人感覺奢侈的時間，但現在並不是享受這種事情的時候——真要說起來，這世界上是否真的有那種時間也是個疑問。

一雙腳逐漸走進。

「嗨。」

面對從腳上傳來的簡短招呼，阿爾蜜塔也只是「嗯」了一聲。
她稍微起身，移到長椅右側，接著那雙腳的主人毫不猶豫地坐到隔壁的位子上。
「我有點累了……」
優蒂亞的臉就像沐浴在陽光中的雪人一樣，累到快融化。
「妳做了什麼？」
「大概就是所謂的『聽老人家抱怨往事』吧。」
「嗯？」
阿爾蜜塔根本聽不懂這種曖昧的回答。和優蒂亞講話時經常會這樣，而大部分的時候她自己也不曉得該怎麼傳達，所以就算要她說明得詳細一點也沒用。
天空開始變得溼潤，染上鮮豔的深藍色，夜幕降臨。
「我想過了。」
「喔。」
「緹亞忒學姊很厲害。與其說這點毫無疑問，不如說是即使把懸浮島整個翻過來也不會被顛覆的世界真理。」
「是啊。」

優蒂亞認真點頭附和。

「但直到聽說或許能和學姊們一起戰鬥時，我才首次察覺，我根本一點都不了解緹亞忒學姊。我還記得她直到五年前都還在這裡努力，也記得更久以前看過的事情，但我只知道這些，完全不曉得學姊是怎麼變成現在的學姊。」

「這種事不就是這樣嗎？」

「我明白。雖然明白，可是……」

沒錯。這世界能靠這顆小腦袋理解的事物原本就不多。憧憬某個人，某種程度上就是劃一條界線並放棄理解線外的事情，只將自己當時閃耀的心情保存下來。這些阿爾蜜塔都明白。

問題是能夠更進一步的機會來臨了，以及能不能把這個機會用在這種個人的理由上。

「……學姊們是為了讓我們不用戰鬥，才那麼拚命地努力。」

「嗯。」

「如果我說想戰鬥，應該是一件壞事吧。」

「或許吧。」

優蒂亞隨口附和。她既沒有提出任何方案，也沒有提出能夠幫助思考的建議。

取而代之的是——

「我們飛一下吧。」

她突然起身如此提議。

「咦？」

原本看著地面的阿爾蜜塔抬起頭，看向優蒂亞的臉。

「擺脫罪惡感的訣竅，就是在做壞事的時候一起做另一件壞事喔。」

「咦、咦？」

這與其說是訣竅，不如說只不過是自暴自棄——就在阿爾蜜塔這麼想時，優蒂亞已經抱住她。

「優、優蒂亞？」

「嗯！」優蒂亞的腹部持續用力，緩緩催發魔力。

「啪！」的一聲，她的背上長出幻翼。和剛才那些不穩定的過程相比，這對幻翼看起來十分安定。刻意拍了幾下翅膀後，優蒂亞堅定地點頭，然後朝阿爾蜜塔笑道：

「要飛嘍。」

「等……」

優蒂亞抱著阿爾蜜塔直直往上飛。

後者甚至沒空發出慘叫。

不經由港灣區塊直接往來懸浮島是違法行為。

但這條法律對大部分的人來說沒有意義。

首先，飛空艇在構造上只能停泊在港灣區塊。

再來是大部分的有翼族都不具備長時間飛行的持久力。對體型比候鳥大的生物來說，模仿候鳥實在不太現實。

在大部分懸浮島的法律中，靠魔力法生出的幻翼通常與有翼族天生的翅膀等同視之，所以這條法律也同樣適用於幻翼。話雖如此，這原本就是透過讓自己陷入瀕死狀態才能產生的力量，即使施術者有辦法創造出幻翼，光是維持幾分鐘就會噴出鼻血倒下。

所以這條禁止「未經許可在懸浮島間飛行」的法律，在整個懸浮大陸群都沒什麼機會適用。

……能透過魔力法生出幻翼，並在沒什麼負擔的情況下長時間維持幻翼的黃金妖精根本是犯規的存在。在這廣闊的天空中，她們可以說是唯一能夠觸犯這條法律的種族。

「哈哈哈哈。」

「真是的，妳實在太亂來了！」

迎面而來的風強烈地拍打臉頰。

繼續靠優蒂亞不安定的翅膀飛行實在太危險，所以阿爾蜜塔離開優蒂亞的懷裡，牽著她的手展開自己的翅膀。

兩人就這樣不斷飛往高處。

妖精倉庫變得越來越小。到了能夠俯瞰森林的高度後，就連包圍倉庫的廣闊森林看起來都不怎麼大。到了比山頂還高的地方後，那座用腳爬要花上半天的山看起來就只是個有點大的土塊……這樣講還是有點太誇張了。

「哦。」

懸浮大陸群是無數浮在空中的岩塊集合體，這些岩塊中特別大的一百多個被賦予了編號——換句話說，沒有獲得編號的小懸浮島也同樣浮在天空。

優蒂亞發現的就是這種懸浮島。只要把上面整平，應該就放得下整個妖精倉庫，但之後就再也放不了其他東西。那塊浮在空中的岩石差不多就是這樣的尺寸。

兩人牽著手，找了一個適當的斜坡降落。

「哎呀～飛得真舒暢！」

優蒂亞輕鬆地笑道。被強制帶來這裡的阿爾蜜塔當然無法忍受。

「又要被妮戈蘭姊姊罵了……」

「只要道歉就好啦。偶爾也要放鬆一下，再說我們又沒給人添麻煩。」

「對認真生活的人來說，只要違反規則就是給他們添麻煩吧？」

「所以我才說會好好道歉啊。」

先不管擅自飛行這件事，優蒂亞認為只要沒有另外給別人添麻煩，就不需要在意。

這也是一種危險的想法——給別人添的麻煩，通常都是在本人沒有察覺到的地方產生影響——不過在這個周圍天空都看不到其他人的地方，這想法似乎也說得通。

「真是的。」

「我覺得這時候願意贊同我的阿爾蜜塔非常可愛喔。」

雖然聽到這句話前都沒發現，但這時候被添了最多麻煩的人可以說就是阿爾蜜塔。

不過這時候才抬出原本沒發現的事情也不太公平。阿爾蜜塔「哼」了一聲，擺出強調自己正在生氣的姿勢看向遠方的天空。

眼前是一片繁星。

那和從妖精倉庫的庭院仰望的是同一片天空。但在這個沒有踏實的地面，周圍也沒被森林包圍的地方，看起來又特別遼闊。不只是上面，不管往右邊還是往前面看，都是同樣的星海。

只有往左邊看時，會同時看見被月光照亮的優蒂亞的笑臉。

雖然不甘心，但不管是這幅景象還是這道風，確實都十分暢快。

「阿爾蜜塔，妳現在還想變得跟緹亞忒學姊一樣嗎？」

「……我不知道。」

沒錯，她不知道。

如果可以的話，阿爾蜜塔也想試著追追看偉大學姊的背影，但她根本看不見那道背影，只是獲得了去看那道背影的機會。即使如此，或者說正因為如此，她才會感到迷惘。

自己可以期望這種事嗎？

可以為了這種輕薄的理由站上真正的戰場嗎？

這種行為難道不是在侮辱自己憧憬的學姊們的戰鬥嗎？

「……唔嗯。」

有雙眼睛正盯著自己。

「原來如此，我大概明白了。話說阿爾蜜塔果然很認真。」

「我自己也知道啦。」

阿爾蜜塔還不至於不知道那句「認真」不是稱讚。死板又不知變通，還用莫名其妙的原則綁住自己，讓自己無法掙脫，就是這種負面意義的「認真」。

「好，我決定了。」

優蒂亞輕輕點頭。

「我現在決定了。我果然要去。」

「……咦？」

阿爾蜜塔有點驚訝。優蒂亞不擅長操控魔力，適合的遺跡兵器等級也不高。這次的事她從一開始就表現得興趣缺缺，所以阿爾蜜塔本來以為她不會去。

「然後我一定會不小心犯很多錯，不斷扯學姊們的後腿。」

「咦……咦、咦？」

這個過於厚臉皮的宣言，讓阿爾蜜塔再次小小驚訝了一下。即使是優蒂亞應該也不至於那樣；不對，她確實有可能這樣——兩種想法在她心裡不斷衝突。

「啊～真是不安耶～那場戰鬥或許會因為我而輸掉～如果懸浮大陸群毀滅了，大家應該會很困擾吧～」

優蒂亞刻意瞄向這裡。

「優蒂亞。」

聽到這些生硬的臺詞後，阿爾蜜塔已經不再驚訝了。即使是她，也能夠明白這個少女想說什麼。

「……這樣啊。那必須有人支援優蒂亞才行呢。總不能麻煩學姊們照顧妳。」

「就是啊～真想要一個體貼的同伴。」

「拿妳沒辦法，我就——」

跟妳一起去吧。

——本來應該順勢說出的這句話，不知為何卡在了喉嚨裡。

阿爾蜜塔沒發出聲音，直接把話吞了回去。

珂朵莉學姊她們曾在不能輸的戰場上戰鬥。

在那個戰場上，妖精只要一輸就必須放棄懸浮島，也就是削除懸浮大陸群的一部分。

緹亞忒學姊她們曾在非贏不可的戰場上戰鬥。

在被認為沒有價值後，試圖展現自己身為兵器的價值。為了替妖精們爭取未來，她們的戰鬥絕對不能失敗。

大家都背負著重要的事物。

因為有那些事物，才有那些覺悟、戰鬥和光輝。

相較之下，自己和優蒂亞——

「——阿爾蜜塔，妳不是怕高嗎？」

優蒂亞突然說出這樣的話。

「但陪我亂來的期間就不會害怕，現在也陪我一起來到這種地方。」

阿爾蜜塔完全無法反駁這句話。畢竟她們現在就坐在高得不得了的地方。

如果問她害不害怕，會有點難回答。她還是一樣覺得坐立不安，但只要握著優蒂亞的手就不會覺得太在意。

「所以我很清楚，真正的阿爾蜜塔很厲害。特別是幫我收拾殘局的時候，真的是無所不能。」

「……我知道妳試著把話說得很漂亮……」

這個優蒂亞居然用那麼認真的聲音說這種話。

「所以我的真心話其實是想趁這個機會，向學姊們炫耀。學姊們確實很厲害，但我的阿爾蜜塔也不會輸給她們喔。」

「優蒂亞……」

「**大概這樣就行了**。」

優蒂亞突然高高舉起一隻手。

透過手指之間的空隙仰望天空。

「我們既沒有被逼入絕境，也缺乏覺悟，但這一定不是什麼壞事。因為我們沒有背負那些東西這件事本身，就是緹亞忒學姊她們大獲全勝的證據。」

「…………是這樣嗎？」

「當然是啊。」

阿爾蜜塔也跟著舉起手看向天空。

她們是沒有背負戰鬥義務的黃金妖精最早的世代。

而且一定──

也是最早依照自己的意志選擇戰鬥的黃金妖精最早的世代──

「嗯。我也剛決定好了。」

阿爾蜜塔靠著岩石，用最坦率的心情說：

「我也想去戰鬥看看。」

7. 然後前往那個天空

軍服上面穿著簡略的裝甲。

背上背著大到顯得不相稱的大劍。

三名女子和兩名少女各自進行戰鬥的準備。

「呵呵呵，我開始興奮起來了，手都在顫抖呢。」

潘麗寶・諾可・卡黛娜調整右手的長手套，露出詭異的笑容。

「呀啊啊啊，感覺好興奮，好厲害，好厲害喔。」

優蒂亞・艾特・普羅迪托爾顫抖地連喊著「好厲害、好厲害」。

「冷靜點，在戰場上都是焦急的人先失誤喔。」

可蓉・琳・布爾加特里歐拍著她的背說。

「…………」

阿爾蜜塔．賽蕾．帕捷姆一語不發，只是不斷地重複深呼吸。可以的話，她也很想像優蒂亞那樣感到興奮，但彷彿隨時會破裂的心臟實在沒有那個餘裕。

此時——

「阿爾蜜塔？」

某人輕輕拍了一下阿爾蜜塔的肩膀，使她驚叫出聲並回過頭，然後看見緹亞忒．席巴．伊格納雷歐若無其事地站在那裡。

阿爾蜜塔憧憬的偉大學姊，理想中的大人化身好像找自己有事。意識到這點的瞬間，阿爾蜜塔的思考就超越了極限。到到到底有什麼事，該不會自己已經搞砸了什麼事，暴露了什麼醜態吧。自己確實很可能那樣，然後一定已經讓緹亞忒學姊對自己感到幻滅了，啊啊啊怎麼會這樣，我為什麼要失敗啊。對不起學姊拜託妳不要拋棄我但我到底是搞砸了什麼啊——

「妳的表情好誇張喔，沒事吧？」

然後就正常地被關心了。

「呀啊！」

阿爾蜜塔做出不像沒事的回答。

緹亞忒見狀，就大致明白了狀況。她輕輕露出理解的笑容，像是想起什麼般翻找軍服的小袋子。

然後掏出一件小東西。

「這個給妳。」

「咦……」

阿爾蜜塔的視線反覆在緹亞忒的臉和手上游移。

她收下那個東西。

然後反覆確認。

那是一個中央鑲著美麗藍色寶石，設計非常可愛的小胸針。

「咦……可是，學姊，這是……」

她知道這是什麼。

這是珂朵莉學姊以前戴在身上的飾品。緹亞忒學姊總是珍惜地收在抽屜深處，照理說是很重要的寶物。

「我本來就打算找時間送給妳，但一直找不到機會。」

「送給我……為什麼……」

「沒什麼特別的意義。不對，妳得自己找出意義才行。」

說完，緹亞忒難為情地搔了一下臉頰。

「這東西並不能用來證明什麼。也不是能夠連同意志一併繼承的物品，沒有什麼誇張的故事。」

「可是……這麼重要的東西……」

「我以前也這麼覺得。認為直到變得像珂朵莉學姊那樣之前，都不能像她那樣把胸針戴在身上，所以一直收在抽屜裡。」

這麼說來確實如此。至少阿爾蜜塔從來沒看過緹亞忒在前往戰場時佩帶這個胸針。

「珂朵莉學姊又是如何呢。她好像也是從之前的學姊那裡得到這個胸針，但我沒有問過她詳情。」

究竟是如何呢？既然緹亞忒不知道，阿爾蜜塔也自然無法想像。無論如何搜尋兒時的記憶，她都只記得珂朵莉．諾塔．瑟尼歐里斯曾用泫然欲泣的表情看著自己。

「……講得帥氣一點，這個胸針對我來說就是自己不成熟和迷惘的象徵。但如果一直這樣下去，胸針就太可憐了吧？所以我才覺得差不多該讓阿爾蜜塔接棒了。」

阿爾蜜塔茫然地看著自己手裡的胸針。

她判斷這並不是昂貴的飾品，上面的石頭也不是真正的寶石，設計也沒那麼講究，不到能夠別在禮服上參加豪華舞會的等級，是個正好適合年輕女孩替自己打扮一下的飾品。

然而，她覺得這個胸針比世界上任何罕見的寶石都要稀有，既燦爛又莊嚴。

「我……我會好好珍、菊……」

她咬到了舌頭。

緹亞忒大笑著拍打阿爾蜜塔的背，反覆說了好幾次「我懂、我懂」。阿爾蜜塔聽不懂這句話的意思，也沒有餘裕去想像。

她們即將前往決定懸浮大陸群未來的戰場。

已經開始覺得頭暈的阿爾蜜塔努力撐著虛軟的腳步，光是站在原地就已經竭盡全力。

†

「阿爾蜜塔和優蒂亞啊。」

在隔了一段距離的大型飛空艇的小型作戰室內，娜芙德粗魯地靠在椅子上。

「那些小不點也長大到能去前線啦。唉，我們也真是老了。」

「妳五年前也說過類似的話，十年前也一樣。」

菈恩托露可看著窗外的雲海插嘴說。

「囉嗦。」

娜芙德露齒一笑。

「不過我正好想問妳這次的戰鬥有多少勝算，妳就坦白告訴我吧。」

「什麼意思？」

「妳覺得這場戰鬥還有勝算嗎？二號島已經被星神封閉了八年吧？不覺得一切都已經太遲了嗎？」

「不管有沒有勝算，我們都只剩下挑戰這個選項。」

「我知道。只是既然都要挑戰，我想知道菈恩是抱著什麼樣的心態挑戰。這是我個人的心情問題，不會告訴其他人啦。」

說完後，娜芙德粗魯地把腳放在作戰桌上。

菈恩托露可輕輕頷首，然後轉頭說：

「——我們還活著對吧。照理說無論經過什麼樣的調整，黃金妖精都很少能活超過二十歲。」

「幹嘛突然講這個。」

「妳先聽我說。即使將變成其他存在的奈芙蓮當成例外，同世代的艾瑟雅也還健在，換句話說，我們這一代實質上還沒有妖精因為壽命因素而消失。進一步而言，恐怕在珂朵莉之後，我們當中都沒有人因為長大成人而衰退。」

「嗯，說得也是。」

娜芙德活動肩膀，興趣缺缺地回應。她已經習慣菈恩托露可繞圈子的說話方式，而且恐怕是這個天空最習慣的人。

「這無法用偶然解釋，妳覺得這是為什麼？」

「呃……妳問我這種像是理論的問題也沒用。這可是連穆罕默達利醫生都說不知道的難題喔。」

「如果是那位醫生，應該早就想到原因了，只是沒有確切的證據才沒說出口吧。只要思考妖精壽命的概念，自然就能找到答案。」

「啊？」

娜芙德困惑地歪了一下頭。

「——妖精之所以無法成為大人，單純只是因為年紀輕輕就死亡的小孩靈魂無法理解自己的死亡，就這樣在外面徘徊……原本是這樣解釋的。」

「嗯，是這樣沒錯。」

「這個法則在最近十年都沒有在運作。而十年前發生了幾起對黃金妖精非常重大的事件，所以自然應該認為是其中一個事件造成的。」

娜芙德原本想問到底哪裡自然，但又連忙改口說「的確」。如果不這麼做，菈恩托露可的說明一定會拖得更長。

「以下是我的假設。十年前，星神艾陸可・霍克斯登從遭到封閉的世界獲得解放。**原本在兒童狀態時就被斷絕了可能性的星神靈魂因此知曉了成長，也就是自己能夠變成大人的未來**。」

菈恩托露可像是對自己的說法非常有自信般露出笑容。

「既然如此，我們這些星神艾陸可的分身就算多了成為大人的可能性也不奇怪。事情就是這麼簡單。」

「……呃，我大概能明白妳的意思，能夠活久一點也確實讓人高興。但我想知道的不是這個。」

「反過來想。」

菈恩托露可豎起一根手指左右晃動。

「如果我們的生態和艾陸可連繫在一起，那就能夠多明白一件事。我們現在還活著，這應該能當成推測星神（艾陸可）目前狀況的線索。」

娜芙德稍微思索了一會兒。

「啊……意思是她現在仍在夢想自己變成大人的未來嗎？」

菈恩托露可滿意地用力點頭。

「在〈最初之獸〉的結界中時，我聽說即使被區隔在另一個世界中，星神和妖精們之間還是有微弱的連繫。認為這次在〈最後之獸〉的結界中也有同樣的連繫，應該算是有所根據吧。」

菈恩托露可先強調假設的部分太多，所以只能用來當成心理安慰後繼續說：

「我們的星神大人一定還很有精神，這就是我所相信的勝算。」

†

然後，飛空艇起飛了。

前往二號懸浮島，眾神被囚禁之地，決戰的世界。

飛空艇的尾巴拉出一條長長的雲朵軌跡，接著就消失在藍色的高空中。

五號懸浮島。

†

這個懸浮大陸群的首要關鍵，以大賢者居住的聖域為人所知的地方，從十年前開始就沒了主人。負責維護設施的隨從們就像被時間的流逝丟下般，靜靜地持續工作。

「翅膀們已經啟程啦……」

巴洛尼．馬基希一等武官從無人的空中庭園仰望天空輕聲說。

即使是在護翼軍中，也只有少數人有資格直接謁見大賢者。巴洛尼．馬基希就是其中一人。換句話說，他也是在大賢者失蹤後，最需要謹慎處理這項事實的一人。

懸浮大陸群住著各式各樣的種族。各種生態、生死、文化和價值觀混雜在一起。這種狀態本來只有在廣闊的大地上才能維持——就連在那裡都得頻繁地重複滅絕與再生才能持續存在。懸浮大陸群的所有人內心深處都相當明白，將這種不可能的事情持續維持到現在的最大功臣究竟是誰。因為所有人都受到大賢者的庇護，所以才能一起生存下去。

大賢者失蹤會造成不安與不和，所以必須加以隱瞞。即使如此還是會有情報外洩，巴洛尼·馬基希這十年幾乎都在處理這種狀況。而對偏向短命種的兔徵種（Haresanthropos）來說，十年絕對是一段不短的時間。

這樣的日子也終於要結束了。

一艘飛空艇橫向飛過天空——那個高度即使從這座五號島也必須仰望。

一般的飛空艇無法抵達二號懸浮島。其中一個理由是二號島位於一般飛空艇預設不會前往的高空，但當然不只有這個理由。那座島本身就是強大的結界，同時也是懸浮大陸群結界的核心，平常總是被雨雲包圍。縱使那個結界如今已經被〈最後之獸〉占據，狀況依然沒有改變。

能夠突破那層雨雲——實質上的結界障壁抵達二號島的飛空艇不多，那艘「菲羅埃萊亞斯」就是其中一艘。那艘船目前由護翼軍擁有，是將希望運送到最後戰場的翅膀。

事到如今，想太多或期待太多都沒什麼意義。

現在只能祈禱她們武運昌隆，獲得勝利。眾神應該也願意聆聽這個祈求，畢竟這也關係到祂們自己。

「巴洛尼．馬基希大人，原來您在這裡啊。」

一道聲音接近——光是透過這稀薄的氣息，就能猜出來者為誰。她是大賢者的隨從之一，銀眼種（Prima）的少女。就巴洛尼．馬基希所知，到目前為止都還沒有人知道她的真名（應該說沒人聽過後能記住），所以她都用大賢者替她取的名字銀詰草自稱。

「怎麼了？」

「那個，是關於威廉大人和奈芙蓮大人的事情。」

「……那兩個人？」

不好的預感讓巴洛尼．馬基希轉過頭。

那兩人原本就是怪人，前陣子從漫長的睡眠中清醒後，奇怪的言行又變得更多了。因為他們現在人不在，巴洛尼．馬基希推測銀詰草應該是要報告他們的行蹤。

「這裡是五號島，他們沒辦法去其他地方。是又跑到書庫或庭園晃了嗎？」

「啊，不對，不是這樣的。」

「嗯？」

這麼說來，銀詰草的聲音和表情都不帶焦急，不如說比較接近困惑或不安。

不好的預感變得更強烈了。

「我去找過他們後，發現了這個。」

銀詰草遞出一張紙。

上面用潦草的字跡寫著「我們要出遠門，不用擔心」。

……巴洛尼．馬基希突然感到一陣頭痛。

「這原本放在哪裡？」

「港灣區塊。然後停在那裡的飛艇少了一艘。」

這是怎麼回事？

「這裡是五號島，是懸浮大陸群的盡頭。從這裡出遠門，到底是要去哪裡？是去地面，還是更深的地底？」

「我、我不知道。」

看見銀詰草膽怯的表情，巴洛尼．馬基希深深嘆了口氣。

「還是別管了吧。」

「咦……？」

「那兩人的存在原本就很不安定，在這次的作戰中也沒有安排任務。雖說如此，他們本來就不可能遵從命令乖乖待著，也沒有人能靠實力壓制他們。既然如此，也只能讓他們自由行動了。」

這個說法怎麼看都是自暴自棄，實際上也確實有一半是如此。察覺這點後，巴洛尼·馬基希內心感到一陣苦澀他呻吟似的說完這些話後，重新仰望天空。

剛才起飛的飛空艇「菲羅埃萊亞斯」已經不見蹤影，只在航線上留下一條淡淡的白色軌跡。

箭矢已經離開弓弦。

「真是的，那個男人就連在這種最終時刻都這麼忙碌啊……」

巴洛尼·馬基希如此低喃，然後閉上眼睛。

†

——這個。

到這裡為止。

都是即將終結的世界終結時的故事。

受到恐怖的侵略者〈十七獸〉威脅，如履薄冰地持續活著的人們賭上性命編織的紀錄和記憶——

能不能再見一面？

「全新天秤的兩側」
-where to go, what to be-

「苦澀又溫柔的夢中」

-it will be a beautiful world-

——這個。

從這裡開始。

是剛開始的世界黎明時的故事。

還不曉得恐怖侵略者的威脅，在搖籃中度日的人們最早在白雪上留下的小小足跡——

†

他茫然地看著窗外。

廣闊的天空。

飄浮在空中的雲朵。

他只是默默看著這些存在於該處的景色。

「喂！」

背後突然傳來一道怒吼聲。回頭一看，一個留著紅色長髮的女孩正扠著腰面露怒色。

「今天輪到你！替花壇澆水吧！」

——？

花潭……花檀……花壇。那是什麼東西？

……啊……對了。這棟建築物的東側有一塊土壤裸露的地面，那裡用低矮的欄杆圍了一塊區域。那就是花壇。

花壇裡種了植物的種子。然後……還有什麼來著？

「再過不久就要**發芽**了！」

牙……涯……芽。

發芽後會怎麼樣？

「會繼續長大，然後開出漂亮的**花朵**！」

嘩……錵……花。

開了會很漂亮。

這個女孩子說的話都很新奇，無法馬上想像出畫面，也無法立刻理解意思。不對，就算多花一點時間，他也沒把握能夠完全理解。換句話說，就是搞不太清楚。

雖然搞不太清楚……但那些一定都是非常美好的事物。

因為這個女孩說話時看起來是如此開心。

「真期待呢。」

臍帶……騎帶……期待。

那是什麼？不知道。雖然不知道，但應該是真的很美好的事情。他能夠如此確信。

沒錯，這個世界有許多美好的事物。

因為她是這麼說的。

而且還露出這麼燦爛的笑容。

「所以，要去澆水！」

對了，還有這件事。

澆水，是讓芽和花變漂亮的必要程序。

為了將美好的事物引導到這個世界，自己能用這雙手辦到的事情。

「我知道了，嗯……」

少年。

這個對所在的世界一無所知，也不知道世界有多美好的少年緩緩起身。然後——

「艾陸可，我馬上過去。」

喊出眼前這個紅色女孩的名字。
呼喚這個世界的基礎，位於所有美好事物中心的少女名字。

後記／在那之後過了多久——

那天夢想的明日，那天期盼的未來，那天靠戰鬥贏來的時間。在那個即將邁向終結的世界，她們和她們以外的所有生命，確實活在那個當下——

在此獻上這種風格的《末日時在做什麼?能不能再見一面？》第九集。

因為想不出犀利的點子，所以這次就不爆雷了。至於後記本來就不該慣例爆雷的道理，就裝作沒聽見吧。

那麼，本系列直到上一集的劇情為止都還充滿了緊張感，這次稍微放慢步調，以「另一方面，這時候的緹亞忒」和「現在這個世代的妖精們」的兩個故事為中心。

唉呀，當初原本考慮過從第九集開始進入最終決戰，但結果不怎麼順利。畢竟離上一集的結尾又跳了一段時間，如果沒有先體會過這段時間就直接看後面的故事，會讓人覺得很難跟上，非常不妙。因為這樣不太好，所以在進入最終決戰前，想讓各位重新眺望一下這個世界——我本來預定用簡潔的方式說明「這段期間發生了這些事喔」，但後來就將這些插曲各自寫成短篇，構成了這一集的形式。

其實關於我原本想寫的插曲，在這些短篇以外的地方也產生了很大的改變。不過該說是考慮到故事還是世界的狀況，如果用主題以外的形式來處理這個題材會產生許多風險，而且在不知道為什麼要寫的故事裡還發生了多次類似的事件，基於種種因素……這些舞臺背後的事情都無所謂對吧。全世界的大家都加油，加油啊。

在因為種種原因不斷修改的期間，等我回過神來時，距離上一集已經過了一年……真的非常抱歉，下次我一定會儘快完成。還有《末日時在做什麼？異傳　黎拉．亞斯普萊》一～二集也請各位多多指教。

那麼，但願我們能再次在那片新世界的天空下相見。

二〇二〇年　夏

枯野　瑛

國家圖書館出版品預行編目資料

末日時在做什麼？能不能再見一面？/ 枯野瑛作；李文軒譯. -- 初版. -- 臺北市：臺灣角川股份有限公司, 2022.01-

冊；　公分. -- (Kadokawa fantastic novels)

譯自：終末なにしてますか？もう一度だけ、会えますか？

ISBN 978-626-321-110-0(第9冊：平裝)

861.57　　110018997

Kadokawa
Fantastic
Novels

末日時在做什麼？能不能再見一面？ 9

（原著名：終末なにしてますか？もう一度だけ、会えますか？#09）

2022年1月13日　初版第1刷發行

作　　者：枯野瑛
插　　畫：ue
譯　　者：李文軒

發 行 人：岩崎剛人
總 編 輯：蔡佩芬
編　　輯：彭曉凡
美術設計：李思穎
印　　務：李明修（主任）、張加恩（主任）、張凱棋

發 行 所：台灣角川股份有限公司
地　　址：104台北市中山區松江路223號3樓
電　　話：（02）2515-3000
傳　　真：（02）2515-0033
網　　址：www.kadokawa.com.tw
劃撥帳戶：台灣角川股份有限公司
劃撥帳號：19487412
法律顧問：有澤法律事務所
製　　版：巨茂科技印刷有限公司
ISBN：978-626-321-110-0